Jürgen Kehrer

Der Minister und das Mädchen

Kriminalroman

grafit

Der Autor

Jürgen Kehrer wurde 1956 geboren. Er lebt und arbeitet als freiberuflicher Schriftsteller in Münster.

Der Minister und das Mädchen ist der elfte Krimi mit Georg Wilsberg. Seit 1990 läßt Kehrer den Privatdetektiv in der guten und weniger guten Gesellschaft der katholischen Bischofsstadt Münster schnüffeln. Bisher sind erschienen: *Und die Toten läßt man ruhen* (1990; vom ZDF verfilmt), *In alter Freundschaft* (1991; ebenfalls vom ZDF verfilmt), *Gottesgemüse* (1992), *Kein Fall für Wilsberg* (1993), *Wilsberg und die Wiedertäufer* (1994), *Schuß und Gegenschuß* (1995), *Bären und Bullen* (1996), *Das Kappenstein-Projekt* (1997), *Das Schapdetten-Virus* (1997) und *Irgendwo da draußen* (1998). Außerdem schrieb Jürgen Kehrer die Kriminalromane *Killer nach Leipzig* (1993) und *Spinozas Rache* (1995; alle Bücher bei GRAFIT) sowie Sachbücher über realen Mord und Totschlag in Münster vom 16. bis zum 20. Jahrhundert (*Mord in Münster*; *Schande von Münster*) und den historischen Kriminalroman *Tod im Friedenssaal* (Waxmann Verlag).

Angesichts seiner späteren Heiligsprechung hätte Jack (Kennedy) in keinem besseren Augenblick umgelegt werden können.

James Ellroy

Vorbemerkung

Dies ist ein Roman. Handlung und Personen gehören dem Reich der Fiktion an. Oder zweifeln Sie daran?

I

»Wolfgang Schwarz ist der kommende Mann«, sagte Till Geskamp.

Geskamp mußte es wissen, denn er war Schwarz' Büroleiter, also wahrscheinlich der Mensch, der dem münsterschen Bundestagsabgeordneten am nächsten stand.

Geskamp verschränkte die Arme über dem vorgewölbten Bauch. »Da ist ein Minister drin, oder mindestens ein PS.«

Ich lächelte amüsiert. »Ein PS?«

»Parlamentarischer Staatssekretär, der Stellvertreter des Ministers. Nettes Gehalt plus Bezüge als Bundestagsabgeordneter. Ein PS reist viel herum und hält kluge Reden. Die eigentliche Arbeit im Ministerium macht der beamtete Staatssekretär, weißt du. Der PS ist für die Sahnejobs da. Aber«, die schwabbeligen Wangen flammten auf, Geskamp redete sich in Fahrt, »der PS ist nur die Rückzugslinie, wir bauen voll darauf, daß Wolfgang Minister wird.«

»Für den Fall, daß ...«

»Wir werden die Bundestagswahl gewinnen«, unterbrach mich mein Besucher. »Bayern-Wahl hin oder her, es läuft alles nach Plan.«

»... daß Schwarz Minister wird«, fuhr ich fort, »ist für dich wohl auch einiges drin?«

Geskamp formte mit den Lippen ein genießerisches O. »Darauf kannst du einen lassen. Zunächst gehe ich als Persönlicher Referent mit ins Ministerium. So nach ein, zwei Jahren, wenn die Schamfrist vorüber ist, schieben wir einen präsenilen Ministerialdirektor aufs Altenteil, und ich übernehme eine Abteilung. Vielleicht die für

Grundsatzfragen, Grundsatzfragen lagen mir schon immer. Mit Chauffeur und Dienstwagen der S-Klasse. Wofür habe ich schließlich jahrelang so hart geschuftet?«

Till Geskamp war plötzlich im Detektivbüro Wilsberg & Partner aufgetaucht. Wir kannten uns flüchtig, so wie man in Münster jeden und jede in einem bestimmten Alter und ab einem gewissen Bildungsgrad flüchtig kennt, weil die Stadt klein genug ist, um sich bei allen möglichen Gelegenheiten über den Weg zu laufen, selbst wenn es nur der Wochenmarkt auf dem Domplatz oder das Stadtteilfest im Kreuzviertel ist.

Meine Bekanntschaft mit Till Geskamp ging zurück auf eine Zeit, in der ich mit Imke eine mehr oder weniger glückliche Ehe führte. Damals war unsere Tochter Sarah gerade ein Jahr alt, und Imke machte sich Sorgen um Sarahs Zukunft als Verkehrsteilnehmerin. Ich war nicht begeistert, aber um des häuslichen Friedens Willen gab ich nach, und wir beteiligten uns an den Aktivitäten der *Bürgerinitiative für ein verkehrsberuhigtes Kreuzviertel.*

Bei den Versammlungen der Initiative führte Till Geskamp das große Wort. Er hatte Politik und Soziologie studiert, plante eine Parteikarriere und wollte die Bürgerinitiative nutzen, um sein Bild möglichst oft in den Tageszeitungen zu sehen. Mir war das vollkommen gleichgültig, denn weder hatte ich eigene Ambitionen, noch glaubte ich daran, daß wir mit mehr Einbahnstraßen, breiteren Bürgersteigen und verkehrsbehindernden Schwellen und Grünbuchten dem Paradies auf Erden einen entscheidenden Schritt näher kommen würden.

Die Bürgerinitiative hatte tatsächlich einigen Erfolg gehabt, sie entsprach dem damaligen Zeitgeist und, mit einiger Verzögerung, der Verkehrspolitik der Stadtverwaltung.

Inzwischen wurden die Straßenschwellen und Grüninseln wieder abgerissen. Die heutigen Bürgerinitiativen bestanden aus Kaufleuten und Kneipiers, die sich für den ungehinderten Verkehrsfluß und genügend Parkmöglichkeiten ihrer Kundschaft stark machten.

Und auch Till Geskamp hatte sich anderen Themen zugewandt. Er war die rechte Hand von Wolfgang Schwarz geworden, einem Strahlemann und Hoffnungsträger seiner Partei, den ich nur von Wahlplakaten und Fernsehsendungen kannte. Auf den Plakaten trug Schwarz einen eleganten, gedeckten Zweireiher, wahrscheinlich gefärbtes Haar und ein blitzendes Tigerlächeln. Außerdem warb er für eine moderne Zukunft. Was auch immer das war.

Mit Till Geskamp war schon die jüngste Vergangenheit nicht allzu gnädig umgegangen. Seit unserer Bürgerinitiativzeit hatte er ungefähr zwanzig Kilo zugelegt, das Haar war ihm bis auf einen strähnigen Rest ausgefallen, das Kinn hatte sich verdoppelt, und die Nickelbrille klemmte auf Fleischwülsten, die, abgesehen von kreisroten Flecken, einen Stich ins Milchig-Ungesunde aufwiesen. Der Job eines Bundestagsassistenten mußte ziemlich stressig sein, vor allem, wenn man den cholesterinhaltigen Happen auf allen möglichen Empfängen nicht widerstehen konnte. Ich schätzte Geskamp auf etwa Vierzig.

Natürlich glaubte ich nicht, daß er rein zufällig vorbeigekommen war, weil er das Bedürfnis nach einem kleinen Plausch verspürte. Jemand wie Geskamp tat nichts ohne Absicht und Hintergedanken, und schon gar nicht in der Hochphase des Wahlkampfs. Wenn er sich die Zeit nahm, einen so unwichtigen alten Bekannten wie mich zu besuchen, dann lag mindestens ein mittelgroßer Auftrag im Busch. Aber noch hatte er mit keinem Wort angedeutet, was er von mir wollte.

Meinerseits sah ich keinen Grund, ihn zu drängen. Mein Arbeitsplan für diesen Tag war überschaubar und ohne jeden Zeitdruck: die Kontoauszüge der letzten Woche verbuchen, mit Franka unseren zur Zeit einzigen Fall besprechen, ein paar Lebensmittel einkaufen und, wenn ich dann noch dazu kam, das Badezimmer putzen. Es sei denn, der unbekannte, den Umsatz des Detektivbüros in schwindelerregende Höhen treibende Auftraggeber platzte herein. Oder saß mir bereits gegenüber.

»Du hast dich überhaupt nicht verändert«, sagte Till Geskamp.

Dafür du dich um so mehr, und nicht zu deinem Vorteil, dachte ich.

»Treibst du Sport?«

»No sports«, antwortete ich wahrheitsgemäß. »Es wäre zu deprimierend, meinen joggenden Nachbarn zu begegnen. All diese erfolgreichen Studienräte, Anwälte, Ärzte und ihre weiblichen Entsprechungen, die gegen das Alter ankämpfen. Morgens und abends laufen und ab Freitag nachmittag im knallbunten, hautengen Leibchen die Pedale des dreitausend Mark teuren Rennrads treten, nein, das tue ich mir nicht an.«

»Kann ich verstehen«, grinste Geskamp. Er klopfte sich auf den von einem weinroten Pulli bedeckten Bauch. »Obwohl mir ein bißchen Bewegung gut täte. Und wie läuft das Geschäft?«

»Könnte besser laufen«, erwiderte ich. »Aber ich will nicht klagen. Es gibt Leute, die für weniger Geld mehr schuften müssen.«

»Verstehe.« Er schaute sich um und begutachtete meine aufs Wesentliche konzentrierte Büroeinrichtung. »Du machst das doch schon ziemlich lange, oder?«

»Ja, und die Sonne scheint für alle, ob arm oder reich.«

»Mit anderen Worten: Du hättest gegen eine Auffrischung deines Kontos nichts einzuwenden?«

»Wir nehmen alle Aufträge an, solange sie halbwegs legal sind.«

Geskamp griff in die Hosentasche und legte fünf Tausendmarkscheine auf den Schreibtisch. »Wie sieht das für dich aus?«

Ich nahm einen Tausendmarkschein und hielt ihn gegen das Fenster. »Sieht echt aus.«

Der zukünftige Ministerialdirektor gluckste. »Natürlich sind die echt. Und da, wo sie herkommen, liegen noch mehr herum.«

Ich lehnte mich zurück. »Ich glaube, es ist an der Zeit, daß du mir sagst, was du willst.«

»Ja.« Er nahm die Brille ab und rieb sich mit dem Handrücken das rechte Auge. »Die Sache mit dem Ministerposten für Schwarz hängt an einem Haken. Und dieser Haken heißt Christian.« Er machte eine Pause. »Christian ist der Sohn von Schwarz.«

Ich wartete.

»Vielleicht hast du's in der Zeitung gelesen?«

Ich schüttelte den Kopf.

»Es stand nicht in der seriösen Presse, nur in einigen Boulevardblättern.«

Geskamp beugte sich über seine Aktentasche und zog eine zusammengefaltete Zeitung heraus, bei der die Drucker nicht mit Rot und Schwarz gegeizt hatten. »Noch bringen sie es mit Fragezeichen auf der dritten Seite. Aber es ist nur eine Frage der Zeit, bis die Bluthunde zum Angriff übergehen.« Er schlug das Blatt auf und deutete auf einen kleinen Artikel, über dem eine fette, augenfreundliche Überschrift prangte: *Politikersohn in Sexskandal verwickelt?*

Ich überflog den kurzen Text. Anscheinend verfügte der Schreiber über keine gesicherte Quelle, denn er kleidete seine Sätze in die Möglichkeitsform, auch vergaß er nicht zu erwähnen, daß es sich um Vermutungen und Gerüchte handelte. Danach ermittelte die Staatsanwaltschaft Münster gegen Christian Schwarz, Sohn des als

Ministerkandidaten gehandelten Wolfgang Schwarz, wegen Vergewaltigung. Opfer sei die »bildhübsche Studentin Gudrun B. (25)«, die Christian in ihrem Studentenwohnheimzimmer überfallen habe. Weder die Staatsanwaltschaft noch Wolfgang Schwarz hatten dazu eine Stellungnahme abgegeben.

»Woher haben sie die Information?« fragte ich.

»Entweder ist bei der Staatsanwaltschaft etwas durchgesickert, oder die Schlampe versucht, mit der Geschichte Kohle zu machen.«

Ich hob eine Augenbraue. »Mit Schlampe meinst du vermutlich das Opfer?«

»Christian schwört Stein und Bein, daß *sie* ihn abgeschleppt hat und daß die kleine Nummer *ihre* Idee war.«

»Irgendwelche Beweise?« hakte ich nach.

Geskamp schlug die Beine übereinander und guckte zum Fenster. »Sie ist ein bißchen gefesselt worden.«

»Toll«, sagte ich. »Ein munterer kleiner Bursche, dieser Christian.«

»Ich weiß, was du denkst. Aber so war es nicht. Hör zu, Georg! Ich kenne Christian jetzt seit vier Jahren. Er ist nicht der Typ für sowas.«

»Für was ist er nicht der Typ? Komm schon! Du mußt mir die ganze Geschichte erzählen. Sonst kann ich euch nicht helfen.«

»Also gut.« Geskamp entfaltete die Beine und bewegte den Oberkörper in meine Richtung. »Ich erwarte dein absolutes Stillschweigen.«

»Ist garantiert.«

»Kein Wort an Außenstehende. Nicht einmal mit deiner Frau darfst du darüber reden.«

»Wir sind geschieden.«

»Um so schlimmer.«

»Wir reden nicht über meine Arbeit. Meine Ex-Frau haßt Detektive.«

Geskamp nickte. »Christian war auf einer Party. So ein Massen-Ding an der Uni mit Hunderten von Studenten, die sich gegenseitig anbaggern oder verklemmt in der Ecke stehen. Diese Tussi ...«

»Wie ist ihr vollständiger Name?«

»Gudrun Benningdorf. Sie macht sich an Christian ran. Da sie ein schönes Kind ist und Christian kein Feind der Fleischeslust, kommen die beiden ins Geschäft. Gut und schön, sie landen in ihrem Wohnheimzimmer. Nachdem sie sich entkleidet und die ersten Streicheleinheiten absolviert haben, holt sie ein paar handliche Stricke aus der Schublade und sagt, daß sie es gefesselt noch viel geiler finden würde. Christian ist nicht begeistert.«

»Sagt er«, warf ich ein.

»Und ich glaube ihm. Inzwischen hat sie ihn allerdings richtig heiß gemacht, und er möchte endlich zum Schuß kommen, deshalb tut er ihr den Gefallen und bindet ihre Hände und Füße an den Bettpfosten fest. Anschließend schlägt sie vor, daß er sie ein bißchen schlagen soll. Christian gibt ihr ein paar harmlose Klapse.«

»Sie sagt: Fester!«

»Woher weißt du das?« fragte Geskamp.

»Der Film kommt mir irgendwie bekannt vor.«

»Das ganze Leben ist ein einziges Klischee. Doch genau an dieser Stelle endet in unserem Fall die Übereinstimmung mit Hollywood. Christian verliert die Lust. Sein Ding schrumpelt wie eine vertrocknete Zitrone. Er zieht seine Klamotten an und macht sich fluchtartig aus dem Staub.«

»Ohne sie vorher loszubinden?«

»Wieder falsch. Als er sie verließ, saß sie wohlbehalten und unverletzt in ihrem Zimmer. Hat ihn mit einigen derben Ausdrücken verabschiedet. Der arme Junge war völlig durcheinander. So mies wie in dieser Nacht habe er sich noch nie gefühlt, sagt er.«

»Okay«, sagte ich. »Das ist seine Version. Und wie klingt ihre?«

»Das kannst du dir ja denken. Sie hat ihn mit nach Hause genommen, zu einem harmlosen Gutenachttrunk selbstverständlich. Da ist er plötzlich über sie hergefallen, hat ihr die Kleider vom Leib gerissen, sie gefesselt, geschlagen und eben – vergewaltigt.«

»Somit steht Aussage gegen Aussage«, stellte ich fest.

Geskamp wirkte unglücklich. »Nicht ganz. Es gibt einen Zeugen.«

»Und was bezeugt dieser Zeuge?«

»Es handelt sich um einen alten Bekannten von Gudrun. Ganz *zufällig* kommt er mitten in der Nacht auf die Idee, die liebe Gudrun zu besuchen. Schon auf dem Flur des Studentenwohnheims hört er ihre Hilferufe. Ebenso *zufällig* hat er noch einen Schlüssel für ihr Apartment in der Tasche. Er schließt die Tür auf, und da sieht er sie gefesselt auf dem Bett liegen, ihr Körper ist über und über mit blauen Flecken bedeckt, auf ihrer Stirn klafft eine Platzwunde.«

»Oha«, sagte ich. »Dann hat Christian ein Problem.«

»Das ist so wahr wie Helmut Kohl in Rente geht«, stimmte Geskamp gequält zu.

»Ich nehme an, die Verletzungen sind echt?«

»Jedenfalls waren sie noch da, als die Polizei erschien. Und der Polizeiarzt hat alles fein säuberlich protokolliert, einschließlich der Druckspuren, die die Fesseln hinterlassen haben.«

»Was meint die Polizei?« erkundigte ich mich.

»Die Polizei glaubt *ihr*. Für meine Begriffe stinkt die Sache mit dem zufällig vorbeikommenden Bekannten zwar zum Himmel, doch die Fakten sprechen leider gegen Christian. Es gibt Zeugen, die die beiden auf der Party gesehen haben, und er bestreitet ja gar nicht, bei ihr gewesen zu sein.«

»Mal angenommen«, dachte ich laut, »Christian sagt die Wahrheit. Warum sollte sich eine biedere Studentin mit etwas ausgefallenen sexuellen Neigungen soviel Mühe geben, eine Vergewaltigung vorzutäuschen?«

»Vielleicht war sie sauer, daß er einfach abgehauen ist.« Er hob die Hand, als er meinen mißmutigen Gesichtsausdruck sah. »Klingt nicht sehr glaubwürdig, ich weiß. Möglichkeit zwei: Es war eine von langer Hand geplante Falle. Gudrun wußte, daß Christian der Sohn eines bekannten Politikers ist. Mit so einer Geschichte, exklusiv an eine Illustrierte oder einen Privatsender verkauft, kannst du eine Menge Geld verdienen. Sex und Gewalt bei den Schönen und Mächtigen, das ist der Stoff, der den Speichel aus dem Mund tropfen läßt. Das wollen die Medien haben.«

»Hmm«, brummte ich.

In diesem Moment hörten wir ein Geräusch an der Tür, und Franka kam herein. Sie trug eine zerrissene Jeans, ein fleckiges T-Shirt, jede Menge Ringe in der Nase und in den Augenbrauen und grünrotblau gefärbte Haare.

Franka sagte: »Hi!«

»Hi!« erwiderte ich. »Das ist Franka Holtgreve. Till Geskamp.«

Die beiden musterten sich skeptisch.

»Wie geht's Tassilo?« fragte ich.

»Tassilo geht's blendend. Die bösen Buben sind in ihrer Höhle geblieben. Was dagegen, wenn ich ein paar Telefongespräche erledige?«

»Ja«, sagte ich. »Ich führe gerade ein Klientengespräch.«

»Dafür haben wir doch ein Besprechungszimmer.« Sie entdeckte die Tausendmarkscheine auf dem Schreibtisch und bekam große Augen. »Scheint ein großer Auftrag zu sein.«

Ich strich die Scheine ein und ließ sie in der Schublade verschwinden. »Möglicherweise. Was hältst du davon, für heute Feierabend zu machen? Wir sehen uns dann morgen früh.«

Mehrere Fragen lagen ihr gleichzeitig auf der Zunge, und ich sah ihr an, daß es sie große Beherrschung kostete, nicht damit herauszuplatzen. Doch sie nahm es wie eine Frau, stieß ein empörtes Zischen aus und drehte sich auf dem Absatz ihrer Gummischuhe. Als Veganerin verabscheute Franka Leder.

Während sie zur Tür stampfte, konnten wir ein größeres Loch am Hinterteil ihrer Jeans bewundern. Durch das Loch blitzte ein weißer Mädchenpo, kaum kaschiert von einer schwarzen Unterhose.

Geskamp starrte ihr mit offenem Mund nach, bis die Tür zugefallen war. »Ist das etwa dein Partner?«

»Nein. Franka arbeitet für mich als Aushilfskraft. Mein Partner war Hjalmar Koslowski. Er ist vor einem Jahr erschossen worden.«

»Und warum steht dann Wilsberg & Partner an der Tür?«

»Ich dachte, das klingt besser.«

Geskamp schüttelte den Kopf. »Mein Gott, wenn meine Tochter *so* aussehen würde!«

»Hast du eine Tochter?«

»Nein. Meine Frau ist Juristin. Kinder oder Karriere – wir haben uns für Karriere entschieden.« Einen Moment war er weit weg, dann streifte er die lästigen Gedanken ab. »Um auf unseren Fall zurückzukommen: Noch hat die Staatsanwaltschaft keine Anklage erhoben. Aber sobald sie es tut, wird es wie Hundescheiße auf uns herabregnen. Und sollte Christian vom Gericht verurteilt werden, kann Wolfgang den Minister in den Wind schreiben. Die Parteiführung hat ihn schon aufgefordert, die Sache in Ordnung zu bringen.«

»Und du wirst nicht Ministerialdirektor«, kombinierte ich.

»So ist es«, knurrte Geskamp. »Vielleicht könnte sich Wolfgang die nächsten vier Jahre als Hinterbänkler über die Runden retten, trotzdem wäre es für sein gesamtes Team ein Debakel. Georg, du mußt uns helfen! Du mußt die Wahrheit ans Licht bringen und Christians Unschuld beweisen! He, du warst doch schon immer kritisch eingestellt. Bist du nicht selber ein Opfer der Justiz?«

»Oder meiner eigenen Dummheit«, sagte ich leise. Lauter fügte ich hinzu: »Verstehe ich das richtig: Ich soll ein paar schwarze Flecken auf Gudruns Leibchen finden?«

»Genau. Christians Anwalt muß sie in der Luft zerpflücken können. Wenn es uns gelingt, die Benningdorf und ihren sauberen Freund als die wahren Täter hinzustellen, geht die PR-Rakete in unserem Sinne hoch. Ganz nebenbei: Sobald die Staatsanwaltschaft die Ermittlungen gegen Christian einstellt oder der Junge freigesprochen wird, legen wir auf die Fünftausend noch einmal die selbe Summe drauf.«

»Und was ist, wenn Gudruns Seele so rein wie die von Schneewittchen ist? Wenn ich herausfinde, daß Christian tatsächlich der Täter ist?«

Geskamp zuckte mit den Achseln. »Dann haben wir eben Pech gehabt. Die Fünftausend kannst du selbstverständlich behalten.«

»Ich nehme an, du möchtest keinen Vertrag?«

»Nein. Eine Quittung reicht mir. Hör zu, Georg: Du darfst dich bei deinen Ermittlungen nicht auf Wolfgang Schwarz oder mich berufen. In diesem Stadium würde die Tatsache, daß wir einen Privatdetektiv engagiert haben, wie ein Schuldeingeständnis ausgelegt. Solltest du Erfolg hast, sieht die Sache natürlich anders aus. Dann werden wir dich als Held präsentieren.« Geskamp schaute auf seine Armbanduhr. »Wolfgang hat heute noch zwei Wahlkampftermine im Münsterland.«

Ich schrieb die Quittung aus. »Als erstes werde ich mit Christian anfangen.«

Mein Gegenüber langte in seine Aktentasche und legte eine Karte auf den Schreibtisch. »Der Junge weiß Bescheid. Er wartet auf dich.«

Ich brachte ihn zur Tür, und wir schüttelten uns ausgiebig die Hände. Zum Abschied sagte Till Geskamp: »Wir zählen auf dich.«

Es klang wie ein Wahlversprechen.

II

Ich ließ den Saab, den ich mir gekauft hatte, nachdem mein Alfa Romeo am Max-Clemens-Kanal verendet war, in der Garage stehen und nahm das Fahrrad. Christian Schwarz wohnte in der Hörsterstraße, in nahezu absoluter Innenstadtlage, einer Gegend also, in der Parkplätze überhaupt nicht oder nur zu Wucherpreisen zu haben waren. Außerdem war die Hörsterstraße lediglich wenige Fahrradminuten vom Kreuzviertel entfernt, eine machbare Angelegenheit für einen Privatdetektiv mit bescheidener Kondition.

Unterwegs begegnete mir Wolfgang Schwarz an jedem dritten Laternenpfahl. Noch vor einer Stunde hätte ich mir nicht träumen lassen, daß ich einmal aktiv in die Bildung der neuen Bundesregierung eingreifen würde. Das galt zumindest für den Fall, daß Schwarz' Partei die Wahl gewinnen würde, und danach sah es im Moment aus. Der Wahlkampf befand sich in einer Phase, die Journalisten gerne Höhepunkt nennen, obwohl sich die Helden auf der politischen Showbühne bemühten, ihre Gegner ein Stück tiefer zu treffen, nämlich knapp unterhalb der Gürtellinie.

In einer solchen Atmosphäre geriet jede kriminelle Affäre, auch wenn sie nur im Umkreis eines Politikers stattfand, rasch zum Medienspektakel. Zwar gehörte Wolfgang Schwarz nicht zur ersten Reihe der Politstars, doch wegen seines smarten Aussehens und seiner Fähigkeit, auch banale Sätze irgendwie bedeutungsvoll klingen zu lassen, war er ein gesuchtes Objekt der Fernsehkameras, wenn die ganz Mächtigen mal gerade nichts sagen wollten. Till Geskamps Befürchtung, daß man Schwarz teeren und federn würde, sobald der mißratene Sohn vor Gericht stünde, war deshalb alles andere als übertrieben.

Unter dem Strich sah ich wenig Chancen für Christian. Die Beweise sprachen eindeutig gegen ihn, und sollten sich Gudrun B. und ihr nächtlicher Helfer nicht in Widersprüchen verheddern, bliebe dem Gericht keine andere Wahl, als Schwarz junior ins Gefängnis zu schicken.

Auf der anderen Seite kamen mir und meinem Konto fünftausend Mark gerade recht. Genug Schmerzensgeld jedenfalls, um ein bißchen im Schlamm zu wühlen. Meinem Ruf konnte die Drecksarbeit ohnehin nicht schaden, der war sowieso ruiniert.

Christian Schwarz wohnte in einem der neuen Backsteinhäuser, die das Giebelmuster der Altstadt kopierten. Teure Eigentumswohnungen als Kapitalanlage für Leute, denen Aktienspekulation und Zinssteuerflucht ins Ausland zu sehr an die Nerven gingen.

Bei den Schwarz' hatte es nur zu einer kleinen Zwei-Zimmer-Wohnung unter dem Dach gereicht. Christian begrüßte mich mit einem schiefen Grinsen: »Sie sind also der große Detektiv. Ich hab Sie mir eindrucksvoller vorgestellt, so mit schwarzer Lederjacke und Schlapphut.«

»Die Sonnenbrille und den finsteren Gesichtsausdruck nicht zu vergessen. Damit auch jeder merkt, mit wem er es zu tun hat.«

»Sie haben recht«, gab er freundlich zu. »Ein Detektiv, den man sofort erkennt, wäre blöd.«

Er wirkte auf den ersten Blick nicht unsympathisch. Ein langer, dünner Schlaks mit herzigen Rehaugen und bronzefarbenen, in einem Zopf verstauten Haaren. Der schlichte graue Pullover und die Markenjeans paßten zu der Einrichtung der Wohnung: kreativ genug, um nicht spießig zu wirken, dabei so unauffällig, daß die praktische Eleganz nicht ins Auge stach.

Wir setzten uns auf zwei dunkelblaue Ledersessel.

»Nette Bude«, sagte ich.

»Die Wohnung gehört meinem Vater.« Es klang wie eine halbe Entschuldigung.

Ich nickte. »Herr Schwarz, ich weiß nicht, ob Sie sich des Ernstes Ihrer Lage bewußt sind.«

»Doch, das bin ich. Mein Vater hat eine Stunde seiner kostbaren Zeit geopfert, um sie mir klarzumachen.«

»Immerhin ist er selber betroffen.«

»Deshalb hat er ja so lange mit mir geredet.«

Der Zynismus war nicht zu überhören. Das Vater-Sohn-Verhältnis im Haus Schwarz schien nicht unverkrampft zu sein.

Christians Oberlippe zuckte. »Seit dieser Nacht kann ich an nichts anderes denken. Ich bin völlig blockiert. Ich gehe zwar jeden Tag brav zur Uni, höre mir Vorlesungen und Seminare an, aber anschließend habe ich keine Ahnung, was der Professor gesagt hat. Ich frage mich immer und immer wieder, was ich falsch gemacht habe. Warum ausgerechnet ich?«

»Sie meinen, Sie fragen sich, warum Ihnen die Nerven durchgegangen sind?«

Seine Stimme wurde schrill. »Ich habe diese Frau nicht zusammengeschlagen und vergewaltigt. Ich weiß nicht, warum sie mir das anhängen will. Ich bereue vieles: Daß ich mit ihr gesprochen habe, daß ich sie in ihre Wohnung begleitet habe, daß ich sie gefesselt habe. Doch das, was man mir vorwirft, habe ich *nicht* getan.«

»Sie hatten auch keinen Blackout, ein paar Minuten, an die Sie sich nicht mehr genau erinnern können?«

»Nein, absolut nicht. Ich neige nicht zur Gewalttätigkeit. Schon als Kind habe ich keine Hunde gequält oder mich mit anderen Jungs geprügelt. Ich verabscheue körperliche Gewalt.«

»Herr Schwarz«, sagte ich sanft, »ich arbeite für Ihren

Vater und nicht für die Staatsanwaltschaft. Es spielt keine Rolle, ob Sie die Tat begangen haben oder nicht. Von mir haben Sie nichts zu befürchten. Allerdings würde es meine Arbeit wesentlich erleichtern, wenn ich die Wahrheit wüßte.«

»Ich war's nicht«, fuhr er mich an. »Wann kapieren Sie das endlich?«

»Na schön.« Ich lehnte mich zurück. »Wer war's dann?«

Er wedelte mit dem Zopf. »Keine Ahnung.«

»Gudrun Benningdorf wird sich nicht selbst krankenhausreif geschlagen haben.«

Bei der Erwähnung des Namens zuckte er zusammen. Sein Gesicht wurde verschlossen.

»Okay«, fuhr ich fort, »fangen wir von vorne an. Kannten Sie Gudrun schon vor dem besagten Abend?«

»Nein, ich habe sie auf der Party zum ersten Mal gesehen.«

»Wie hat sie sich vorgestellt?«

»Sie sagte, sie sei neu in Münster, kenne hier kaum jemanden, vorher habe sie in Tübingen studiert. Wir haben über alles mögliche geredet, Studiengänge, Abschlüsse, Berufsaussichten, das Übliche eben.«

»Klingt nicht sehr aufregend.«

»War es auch nicht. Was sich zwischen uns abspielte, lief nicht auf einer verbalen Ebene.«

»Sondern?«

»Na, so wie sie mich anguckte. Sie hat diesen gewissen *touch*. Da kribbelt's sofort im Bauch. Ein Blick, und du weißt, es könnte klappen.«

»Und Sie waren nicht abgeneigt?«

»Verdammt, ich habe seit drei Monaten keine Freundin mehr. Und sie sieht wirklich gut aus, keine Modelschönheit, aber eben eine Frau, die niemand von der Bettkante schubst. Und sie hat sich mir quasi aufgedrängt. *Sie* hat mich angesprochen. Es war ein eindeutiges Angebot.«

»Und dann?«

»Dann hat sie mich gefragt, ob ich sie nach Hause bringen würde. Mein Gott, klarer kann man es nicht formulieren.«

»Warum sind Sie nicht zu Ihnen gegangen? Hier ist es vermutlich gemütlicher als im Studentenwohnheim.«

»Ich hab's vorgeschlagen, sie wollte nicht. Wahrscheinlich gehörte das zu ihrem Plan. Unterwegs haben wir an der Tankstelle eine Flasche Sekt gekauft. Als wir ankamen, hat sie Musik aufgelegt. Wir haben rumgeschmust. Alles lief völlig normal. Bis zu dem Moment, als wir im Bett lagen. Da hat sie diese blöden Stricke hervorgeholt. Ich könnte mich ohrfeigen, daß ich nicht sofort davongerannt bin.«

»Statt dessen haben Sie sie gefesselt.«

»Ja. Ich Idiot habe mich auf ihr Spielchen eingelassen. Es hat mir nicht mal Spaß gemacht. Ich mag es lieber auf die sanfte Tour.«

»Erzählen Sie weiter!« forderte ich ihn auf.

»Da gibt es nicht mehr viel zu erzählen. Sie wollte, daß ich sie schlage, und auch das war mir zuwider. Als sie mich anschnauzte, ich solle mich nicht so anstellen, war es endgültig vorbei. Ich habe sie losgebunden und mich wieder angezogen.«

»Und was hat Gudrun gemacht?«

Wieder vermied er ihren Namen. »Sie hat mir Beleidigungen an den Kopf geworfen.«

»Das hat Sie nicht provoziert?«

»Nein. Das war mir völlig egal. Ich wollte nur so schnell wie möglich weg. Der Abend war sowieso gelaufen.«

»Na schön«, sagte ich. »Und dann sind Sie nach Hause gefahren, hierher?«

»Richtig.«

»Wann haben Sie von der Anzeige wegen Vergewaltigung gehört?«

»Keine drei Stunden später, mitten in der Nacht. Zwei Polizisten haben mich aus dem Bett geklingelt. Sie können sich vorstellen, daß ich aus allen Wolken gefallen bin. Wenn jemand vergewaltigt worden ist, dann ich, der ich mich zu Dingen hab hinreißen lassen, die mir überhaupt nicht liegen.« Der junge Mann schnaufte empört. »Zuerst dachte ich, es sei nur ein Mißverständnis. Doch die Hauptkommissarin, die mich vernommen hat, war sowas von eiskalt. Da wußte ich, daß ich in eine ganz üble Sache geraten war. Himmel!« Er schlug sich an die Stirn. »Und dann gab es auch noch eine Gegenüberstellung. Als ich ...«

»Gudrun Benningdorf«, half ich ihm.

»... sah, wurde mir ganz anders. Sie war ...« Er schüttelte den Kopf und schluckte. »Auf einmal wurde mir klar, warum mich alle so behandelten, als sei ich ein Verbrecher. Derjenige, der ihr das angetan hatte, mußte ein brutaler Schläger sein. Aber das Allerschlimmste war ihre Reaktion, als sie mich entdeckte. ›Der war's‹, schrie sie. ›Dieses Arschloch hat mich so zugerichtet.‹ Ich brachte keinen Ton heraus, ich hatte das Gefühl, mein Kopf platzt. Es war der demütigendste Augenblick in meinem Leben.«

»Warum, glauben Sie, beschuldigt die Benningdorf Sie?«

Christian Schwarz überlegte. »Ich weiß es nicht. Mein Vater ist davon überzeugt, daß das gegen ihn geht. Aber das ist typisch für ihn. Die Welt meines Vaters dreht sich um sein eigenes Ego. Ich bin da nicht so sicher. Möglicherweise will sie den wahren Täter decken.«

»Das hätte sie einfacher haben können«, widersprach ich. »Ohne Anzeige keine Strafverfolgung.«

»Aber von mir kann sie ein Schmerzensgeld kassieren. Es gibt leider etliche – wie heißt es so schön – gerichtsverwertbare Tatsachen, die gegen mich sprechen.«

»Das stimmt.« Ich stand auf. »Ich werde sehen, was sich machen läßt. Versprechen kann ich allerdings nichts. Ehrlich gesagt, es sieht ziemlich schlecht für Sie aus.«

»Ich weiß«, sagte Christian Schwarz leise.

Ich ging ein Stück die Straße hinauf, wo es einige Straßencafés gab. Um diese Jahreszeit wurde der Regen in Münster langsam kälter, im Moment blieb er allerdings aus, und so waren die Tische auf dem kleinen, kopfsteingepflasterten Platz dicht umlagert. Nur mit Mühe fand ich einen leeren Stuhl, bestellte einen Cappuccino und dachte nach.

Dann griff ich zu meinem Handy. Lange hatte ich mich gegen diese neue Ikone des ausgehenden 20. Jahrhunderts gesträubt, doch schließlich siegte die Angst, als altmodisch zu gelten.

Ich wählte die Nummer von Hauptkommissar Stürzenbecher im münsterschen Polizeipräsidium. Stürzenbecher war nicht mehr im Büro.

Ich probierte es bei Stürzenbecher zu Hause. Nach dem fünften Klingeln hatte ich ein Schnaufen in der Leitung. Der Hauptkommissar schnappte nach Luft. Im Hintergrund hörte ich das enttäuschte Stöhnen einer Frau.

»Störe ich?«

»Wer ist da?« japste Stürzenbecher.

»Georg Wilsberg.«

»Und wie du störst.« Er legte auf.

Diesmal nahm er nach dem zweiten Klingeln ab. »Was willst du?«

»Du hast sicher von dem Ermittlungsverfahren gegen Christian Schwarz gehört, dem Sohn des Bundestagsabgeordneten. Er ist wegen Vergewaltigung angezeigt worden.«

»Du nervst, Wilsberg. Sittlichkeitsdelikte fallen nicht in mein Ressort. Ich kann dir gerne die Privatnummer von

Hauptkommissarin Lassmann-Noeten geben. Vielleicht lädt sie dich zu einem Schlummertrunk zu sich nach Hause ein.«

»Ich weiß, daß du nicht zuständig bist. Ich möchte ja nur, daß du einen Blick in die Akte wirfst.«

»Wer ist dein Auftraggeber? Der Bundestagsabgeordnete?«

Ich sagte: »Kein Kommentar.«

»Dann noch einen schönen Abend!«

»Ja«, gab ich nach, »es ist Schwarz senior. Und Schwarz junior schwört, daß er unschuldig ist.«

»Das sagen sie alle.«

»Nur ein paar belanglose Informationen«, bettelte ich.

Er grunzte. »Ein Blick in die Akte kostet dich ein Mittagessen.«

Ich sagte, das ließe sich einrichten, und wir verabredeten uns für den nächsten Mittag in der Pizzeria an der Kreuzkirche.

III

Das Wetter gab sich vorübergehend freundlich, und wir saßen unter der Markise auf der Außenterrasse der Pizzeria. Die Pizzeria gehörte zu einem Ensemble von sechs oder sieben gastronomischen Einrichtungen, die sich rund um die Kreuzkirche gruppierten, der *Piazza*, wie meine italophilen Nachbarinnen mit Vorliebe sagten. Gleich gegenüber der Pizzeria befand sich die Eisdiele, in der man mittags seinen Eiskaffee oder Cappuccino trank, und links daneben eine Kneipe, die nach dem liebsten Geräuscherzeuger der Münsteraner benannt war: *Die Glocke*.

Wohlwollend betrachtete Hauptkommissar Klaus Stürzenbecher die Lehrerinnen, die vor der Eisdiele die spärlichen Sonnenstrahlen auffingen. Er trug einen hellen Anzug und einen gesunden, etwas künstlich wirkenden Teint.

»Du benutzt ein neues Aftershave«, sagte ich.

»Nette Frauen gibt's hier«, meinte Stürzenbecher. »Was machen die eigentlich den ganzen Tag?«

»Oh, meinst du die Lehrerinnen? Sie sind gerade mit der Aufarbeitung der Sommerferien fertig. Jetzt planen sie den Weihnachtsurlaub. Die Weinprobe im Elsaß während der Herbstferien improvisieren sie mit links.«

Stürzenbecher lachte. »So eine Lehrerin würde mir auch gefallen.«

»Na klar. Für einen Lebenszeitbeamten kann es kein größeres Glück geben, als eine Lebenszeitbeamtin zu heiraten. Allein die Pensionen reichen, um eine *Finca* auf Mallorca zu bauen. Wer war denn die Frau, die gestern abend so schön gestöhnt hat, als ich angerufen habe?«

Er ging nicht darauf ein. »Das ist doch blanker Neid. Du wärst auch gerne Lehrer, gib's zu.«

»Nie im Leben«, widersprach ich. »Mag sein, daß ich in relativer Armut lebe. Aber um nichts in der Welt möchte ich tauschen und mich jeden Tag mit aufsässigen Kindern rumärgern. Als Privatdetektiv bin ich mein eigener Herr.«

Das Essen kam. Stürzenbecher hatte sich für Involtini entschieden, das teuerste Gericht auf der Karte. Mit einem bösen Grinsen hatte ich es durchgehen lassen und mich meinerseits mit einer Spinatpizza begnügt.

»Quatsch«, nahm der Hauptkommissar den Gesprächsfaden nach den ersten Bissen wieder auf. »Von wegen eigener Herr. Du bist der Knecht solcher Leute wie Wolfgang Schwarz, eine der aufgeblasensten Wichtigtuer, die ich kenne. Der weint in sein Hemd, wenn er mal einen Tag *nicht* im Fernsehen zu sehen ist.«

»Hoho«, machte ich. »Du redest von deinem möglicherweise nächsten obersten Dienstherrn.«

»Noch ist Polizei Ländersache. Und zum BKA oder dem Bundesgrenzschutz laß ich mich bestimmt nicht versetzen. Im übrigen«, Stürzenbecher grinste, »seitdem wir einen grünen Polizeipräsidenten haben, gehört das Lästern über hohe Tiere zur täglichen Routine.«

»Wie ist er denn so, der grüne Sheriff?«

»Das Revolutionärste an ihm sind seine geschmacklosen Krawatten. Wirklich, Hubi bräuchte mal einen Imageberater. Ansonsten ist er knallhart. Das hast du ja bei den Atommülltransporten nach Ahaus gesehen.«

Ich schluckte ein Stück Pizza hinunter. »Um auf den Anlaß unseres Geschäftsessens zu kommen ...«

»Richtig«, fiel Stürzenbecher ein. »Der alte Schwarz sieht seine Felle davonschwimmen, weil der Filius ihm die Karriere vermasselt. Und jetzt hat er dich engagiert, weil seine einzige Chance darin besteht, das Opfer unglaubwürdig zu machen. Ein toller Auftrag, Wilsberg, das muß ich schon sagen. Du läßt dich benutzen, um einem bemitleidenswerten Vergewaltigungsopfer etwas ans Zeug zu flicken. Wie schlecht muß es dir gehen, daß du dich für sowas hergibst!«

»Vorausgesetzt, deine Prämisse ist richtig, und Christian Schwarz ist tatsächlich der Täter.«

»Du solltest die Fotos sehen, die in der Tatnacht vom Opfer gemacht wurden. Dann würde dir ganz anders. Derjenige, der das getan hat, ist ein Schwein und gehört hinter Gittern. Für ziemlich lange Zeit.«

»Ganz deiner Meinung«, stimmte ich zu. »Nach meinem Gespräch mit Christian Schwarz zweifle ich allerdings daran, daß er der richtige Kandidat ist.«

»Ach was.« Stürzenbecher wedelte mit der Gabel. »Die Beweislage ist so klar wie nur was. Schwarz junior gibt zu, daß er die Benningdorf in ihrem Wohnheimzimmer aufgesucht hat, er gibt zu, daß er sie gefesselt hat, er gibt sogar zu, daß er sie geschlagen hat. Und selbst wenn er seine Aussage zurücknimmt, wir haben genügend Belastungsmaterial, das ihn festnagelt: Seine Fingerabdrücke befinden sich im ganzen Raum, und in der Vagina des Opfers hat der untersuchende Arzt Spermaspuren festgestellt. Der noch ausstehende Gentest wird beweisen, daß Christian Schwarz der Täter ist.«

»Christian sagt, daß die Nummer mit den Stricken ihre Idee war. Auf jeden Fall habe er ihr die Verletzungen nicht beigebracht.«

Stürzenbecher schaute mich mit einem mitleidigen Lächeln an. »Eine billige Ausrede. Mag sein, daß es harmlos anfing. Aber irgendwann sind bei ihm die Sicherungen durchgebrannt.«

»Und wenn er die Wahrheit sagt?«

»Die Chance steht eins zu hundert. Ich habe ein Foto von dem Burschen gesehen, er wirkt tatsächlich nicht so übel. Vielleicht war es das erste Mal. Drogen, Alkohol, irgendwas hat ihm einen Kick gegeben. Und hinterher tat's ihm leid.«

»Vielleicht gibt es einen zweiten Mann.«

»Der große Unbekannte, wie? Der zufällig zum selben Zeitpunkt auftaucht? Das ist so unwahrscheinlich wie eine Jungfrauengeburt. Die Prellungen und Platzwunden der Benningdorf stammen eindeutig aus der Tatnacht. Und welchen Sinn sollte es machen, daß sie den falschen Mann beschuldigt?«

Ich wischte mir den Mund ab. »Schwarz senior?«

»Spinnen wir den kruden Gedanken zu Ende und nehmen wir an, die Benningdorf wollte den alten Schwarz erpressen. Nebenbei gesagt: sie ist weder vorbestraft noch übel beleumdet. Dann hätte sie Jung-Christian gar nicht erst angezeigt, sondern sich direkt an den Alten gewandt. Und der hätte gezahlt, da kannst du sicher sein – so kurz vor der Bundestagswahl.« Der Hauptkommissar schob seinen Teller zur Seite. »Ah, das war lecker.«

»Wie heißt eigentlich der Zeuge, der die Benningdorf gefunden hat?«

Stürzenbecher langte nach der Karte. »Jetzt könnte ich noch ein Dessert vertragen.«

»Oh nein«, protestierte ich. »Du willst mich ruinieren.«

»Was sehen wir denn da? Zabaione. Mein Lieblings-Dessert.«

»Denk an deine Figur! Zabaione ist eine Kalorienbombe.«

»Tja, der Name des Zeugen will mir im Moment nicht einfallen.«

»In Ordnung«, knurrte ich. »Bestell deine verdammte Zabaione!«

Stürzenbecher winkte dem Kellner. »Der Typ heißt Sebastian Prückner. Er schraubt an alten Autos auf einem Bauernhof in Amelsbüren.«

Franka wartete vor dem vornehmen *Kendo Sport- und Freizeitclub*. Tassilo Schmidt schwang hier zweimal in der Woche das stilisierte Bambusschwert. Allein die originalgetreue Kendo-Kampfausrüstung besaß den Wert eines fabrikneuen Kleinwagens. Für Tassilo kein Problem, denn sein Vater war ein stinkreicher Unternehmer, der seinem fünfzehnjährigen Söhnchen jeden mit Geld zu erfüllenden Wunsch von den Lippen ablas. Nur den einen nicht: einen Leibwächter und einen Chauffeur gestellt zu bekommen, die Tassilo zur Schule und den diversen Freizeitaktivitäten begleiteten.

Angesichts der Tatsache, daß Tassilo regelmäßig von einer Bande Jugendlicher überfallen wurde, die ihn quälten und um das mitgeführte Bare erleichterten, war das durchaus kein übertriebener Wunsch. Doch Peter Schmidt, der Vater, vertrat die Philosophie, daß man sich im Leben durchbeißen müsse. Er selbst hatte sich vom Sohn eines Klempners zum Besitzer einer Personal-Leasing-Firma mit mehreren hundert Mitarbeitern hochgearbeitet. Die Auseinandersetzung mit der rauhen Wirklichkeit, so sein Credo, würde Tassilo für dessen spätere Aufgaben in der deutschen Volkswirtschaft stählen.

Und Tassilo tat sein Bestes. Er lernte Judo und Kendo und schlug sich wacker. Gegen fünf oder sechs gleichaltrige Burschen hatte er jedoch nicht den Hauch einer Chance. Seine Macken und Blessuren, die er inzwischen gesammelt hatte, hätten jedem Mitglied einer schlagenden Verbindung zur Ehre gereicht.

Offensichtlich waren die Überfälle kein Zufall, vielmehr hatte es die Bande gezielt auf den Millionärssohn abgesehen. Dafür sprach der Umstand, daß Orte und Zeiten der Attacken keinem festgelegten Schema folgten. Sie konnten morgens, am Nachmittag oder spätabends erfolgen. Die Polizei nahm die ebenso prompt erstatteten

Anzeigen an und heftete sie in einem dicken Ordner ab. Von ihr war keine Hilfe zu erwarten.

Da entschloß sich Peter Schmidt zu einem Kompromiß. Er beauftragte das Detektivbüro Wilsberg & Partner, die Übeltäter zu identifizieren und der Strafverfolgung zuzuführen. Ausdrücklich waren nicht unsere Qualitäten als Bodyguards gefragt, wir sollten lediglich aufklären.

Ein Job, mit dem ich Franka beauftragt hatte.

Ich schob mich auf den Beifahrersitz. »Wie sieht's aus?«

»Keine Verdächtigen im Anmarsch.« Sie schaute zum *Kendo Club* hinüber und kaute an einem Käsebrötchen.

Ein *Käsebrötchen*?

»He, du ißt ja ein Käsebrötchen.«

»Ja und?«

»Falls der Käse nicht aus Sojamehl angerührt worden ist, nimmst du gerade ein tierisches Produkt zu dir. Ich kann mich erinnern, daß du mir noch vor kurzem gepredigt hast, daß die Kuhmilch den Kälbern gehört.«

»Hör zu, Georg!« Sie warf mir einen lilaumflorten Blick zu. »Ich möchte nicht darüber diskutieren. Ich hatte ein paar körperliche Symptome, die die Ärzte auf mangelhafte Ernährung zurückgeführt haben.«

»Skorbut?«

»Ha ha, wie witzig! Die Ärzte haben mir geraten, Milchprodukte zu essen. Mir gefällt es selbst nicht. Lassen wir es dabei!«

»In Ordnung«, gab ich mich tolerant.

»Was willst du eigentlich hier? Mich kontrollieren?«

»Ich brauche dich.«

»So?« Sie schaute ungerührt aus dem Fenster.

»Für den neuen Auftrag, den wir gestern bekommen haben.«

»Ach.«

»Sag mal«, wunderte ich mich, »bist du beleidigt, oder

was? Nur weil ich dein blödes Käsebrötchen erwähnt habe?«

»*Deshalb* bin ich nicht beleidigt.«

Ich blieb ruhig und verständnisvoll. »Weshalb bist du dann beleidigt?«

Es brach aus ihr heraus: »Ich bin echt angefressen, wie du mich gestern behandelt hast. Als wäre ich dein strohdoofes Laufmädchen.« Sie äffte mich nach: »Sie können nach Hause gehen, Fräulein Holtgreve! Ich brauche Sie nicht mehr.«

»Fräulein Holtgreve habe ich nicht gesagt.«

»Red dich nicht raus, Georg! Du weißt, was ich meine.«

»Ich war mitten in einem wichtigen geschäftlichen Gespräch, und du platzt einfach so herein.«

»Gehen mich geschäftliche Gespräche etwa nichts an? Ich dachte, wir würden *zusammen*arbeiten.«

»Manchmal ist es sinnvoller, Gespräche unter vier Augen zu führen. Außerdem könntest du ...«, ich druckste herum, »... Klienten abschrecken, so, wie du aussiehst.«

»Was meinst du damit?« Ihre Stimme rutschte eine Oktave tiefer und war ausgesprochen böse.

Jetzt bewegte ich mich vollends auf Glatteis. »Ich meine damit insbesondere das Loch in deiner Jeans, durch das man deinen hübschen Po sieht.«

»Wenn du mir mehr als fünfzehn Mark die Stunde zahlen würdest, könnte ich mir auch eine neue Jeans leisten.«

Als Arbeitgeber muß man gelegentlich Opfer für den Betriebsfrieden bringen, zumal wenn es um Gehaltsfragen geht. »Ich entschuldige mich in aller Form für mein gestriges Verhalten«, sagte ich zerknirscht. »Nimmst du meine Entschuldigung an?«

»Mmh«, brummte sie. »Und wofür brauchst du mich?«

Ich unterrichtete sie in groben Zügen über den Fall Schwarz. »Ich denke, es wäre besser, du würdest mitkommen, wenn ich Gudrun Benningdorf besuche. Einer Frau gegenüber ist sie vielleicht eher bereit, offen zu reden.«

»Und was machen wir mit Tassilo?«

»Tassilo soll auf sich selbst aufpassen. Heute wird die Bande schon nicht zuschlagen.«

Gudrun Benningdorf wohnte in einem Studentenwohnheim am Horstmarer Landweg. Es war ein moderneres Gebäude, der schlichte und geruchsintensive Charme eines Hallenbadumkleideraums, der auf den Fluren der älteren Wohnheime vorherrschte, war zwar nicht gänzlich gewichen, doch es gab erste Ansätze zu einer innenarchitektonischen Gestaltung. Trotzdem hätten die Redakteure der Zeitschrift *Schöner wohnen* vermutlich eine Krise bekommen.

Durch die unverschlossene Haustür waren wir in ein mit nie benutzten Zweckmöbeln ausgestattetes Foyer und anschließend in ein Labyrinth von Gängen gelangt. Natürlich hätten wir an der Haustür klingeln und die Benningdorf durch die Gegensprechanlage nach der genauen Position ihres Apartments fragen können. Aber dann hätten wir auch den Grund unseres Besuches erklären müssen. In diesem Fall schien es mir günstiger, sofort den direkten Augenkontakt zu suchen.

Keine fünf Minuten später standen wir vor ihrer Tür. Ich klopfte.

Wir hörten ein Rumoren, die Tür blieb verschlossen. Eine mißtrauische Stimme, unmittelbar hinter dem dünnen Holz, fragte: »Wer ist da?«

Ich gab Franka lautlos zu verstehen, daß sie antworten solle. Meine Assistentin sagte ihren Namen.

Die Tür öffnete sich zwanzig Zentimeter weit, und eine große Frau erschien in dem entstandenen Spalt. Offenbar war sie gerade unter der Dusche gewesen, denn das schwarze Haar hing tropfnaß vom Kopf. Dadurch verstärkte sich der Eindruck eines länglichen Gesichtes, das von scharfen Zügen und einem vorspringenden Kinn geprägt war. Sie trug einen gelben Bademantel und ein großes Pflaster an der Stirn.

Als die Benningdorf mich sah, sackten ihre Mundwinkel nach unten. »Was wollen Sie?«

Ich lächelte aufmunternd. »Wir möchten uns mit Ihnen über Christian Schwarz unterhalten.«

»Sind Sie von der Polizei?«

»Nein.«

»Journalisten?«

»Auch nicht. Wir sind Privatdetektive.«

Sie lachte kurz und herzlos. »Der alte Schwarz hat Sie geschickt, was?«

»Es spielt keine Rolle, wer uns engagiert hat«, wich ich aus.

»Und wieso kommen Sie auf die Idee, daß ich mit Ihnen rede?«

»Andernfalls müßten wir uns in Ihrem Freundes- und Bekanntenkreis umhören, wir müßten Ihre Eltern und andere Verwandte aufsuchen.«

»Ist das eine Drohung?«

»Ich zeige Ihnen nur die Alternative auf.«

Gudrun Benningdorf dachte nach. »Okay, ich rede mit *ihr*.« Sie deutete mit dem Kopf auf Franka. »*Nur* mit ihr, verstanden?«

Ich schaute Franka an. Der Vorschlag gefiel mir nicht, aber er war besser als ein blankes Nein. »Einverstanden. Ich warte unten.«

Ich rauchte zwei Zigarillos im Foyer und mußte mir einige gemeine Kommentare von fanatischen Nichtrauchern anhören, bis Franka herunterkam.

»Und? Welchen Eindruck hast du?«

Franka hob ihre kräftigen Schultern. »Für mich wirkt sie glaubwürdig.«

Ich zischte wütend. »Das kann nicht sein.«

»Warum? Weil du als Mann eher einem anderen Mann glaubst?«

»Jetzt komm mir bloß nicht damit! Wenn du mit Christian Schwarz gesprochen hättest, würdest du das auch anders sehen.«

»Ich habe aber mit Gudrun Benningdorf gesprochen«, beharrte Franka. »Und ich kann mich gut in sie hineinversetzen.«

»Hast du dir den Ablauf haarklein schildern lassen, so, wie wir es besprochen haben?«

»Yep.«

»Wie erklärt sie denn, daß sie Christian abgeschleppt hat, obwohl sie einen anderen Mann erwartete?«

»Sie sagt, daß sie nicht mit dem anderen, diesem Sebastian, gerechnet habe. Sie hätten vor zwei Monaten Schluß gemacht. Sebastian sei in der Nacht zufällig vorbeigekommen, weil er ihr den Wohnungsschlüssel zurückgeben wollte.«

»Sehr glaubwürdig«, maulte ich.

»So was kommt vor, Georg. Das ist Romantik. Davon verstehst du nichts.«

»Aber ich verstehe etwas von Akustik. Hast du bemerkt, wie dünn die Türen sind? Warum hat nur Sebastian ihre Hilferufe gehört, während all ihre Nachbarn anscheinend schwerhörig sind?«

»Die Sache passierte an einem Wochenende. Ihre Nachbarn waren verreist.«

Ein Handy klingelte. Ich zog meins heraus und starrte verständnislos auf das leere Display.

»Es ist meins«, sagte Franka. Sie meldete sich, hörte ein paar Sekunden zu und wurde bleich. »Scheiße! Entschuldigen Sie, das ist mir so rausgerutscht! ... Nein, ausgerechnet heute nachmittag war ich in einem anderen Auftrag unterwegs. ... Ja, natürlich arbeiten wir noch für Sie. ... Sie zahlen eine Menge Geld, das ist richtig. ... Ja.«

»Tassilo ist überfallen worden«, vermutete ich.

»Schnellmerker«, fauchte Franka. »Verdammt, verdammt, verdammt. Der alte Schmidt ist stinksauer.«

»Wär ich an seiner Stelle auch. Aber das hier war im Moment wichtiger.«

»Meinst du. Ich kümmer mich lieber um ein verhätscheltes Millionärssöhnchen, als einen Scheiß-Vergewaltiger reinzuwaschen.«

Zwei Studentinnen, die gerade hereinkamen, blieben stehen und betrachteten uns mit offenen Mündern und gerunzelten Stirnen.

Ich zog Franka nach draußen. »Die Bande, die Tassilo mobbt, wird uns schon irgendwann ins Netz gehen. Und ich verspreche dir, daß ich dich soweit wie möglich aus dem Fall Schwarz raushalte. Der neue Auftrag bringt ebenfalls eine Menge Kohle, wie dir ja nicht entgangen ist.«

Wir setzten uns in meinen Saab.

»Paß auf!« schlug ich vor. »Ich bringe dich zu deinem Wagen zurück, und du fährst zu den Schmidts, um die Aufregung zu glätten.«

»Au fein!« meckerte Franka. »Vielleicht sollte ich das lieber meinem Chef überlassen.«

»Ich habe was Besseres zu tun. Sag dem alten Schmidt, daß wir die Panne bei der Rechnungsstellung berücksichtigen werden.«

»Und was machst du?«

»Ich besuche Sebastian Prückner auf seinem Bauernhof in Amelsbüren.«

IV

Amelsbüren war ein kleines Dorf im Süden von Münster, das durch die Gebietsreform der siebziger Jahre zum münsterschen Stadtteil geadelt worden war. Der Bauernhof, von dem Stürzenbecher gesprochen hatte, lag außerhalb des Dorfkerns an der Straße, die nach Davensberg führte.

Seine ursprüngliche Zweckbestimmung hatte das Gehöft längst verloren. Auf dem Innenhof standen etliche alte bis schrottreife Autos, außerdem fehlte der typische Geruch nach tierischen Ausscheidungen, der heiratswillige Jungbauern so unattraktiv macht.

Ich stellte meinen Wagen ab und ging langsam zum Haupthaus. Die Haustür war weit geöffnet, hier draußen schien Diebstahl kein Problem zu sein. Eine Klingel suchte ich vergeblich, auch meine mehrfachen Hallo-Rufe blieben unbeantwortet.

Ich lauschte. Von irgendwoher kamen helle Kinderstimmen.

Auf der Rückseite des Hauses wurde ich fündig. Eine Rasenfläche mit Schaukel, Sandkasten und rudimentärem Holzhaus diente drei blond und gesund aussehenden Kindern im gehobenen Krabbelalter als Spielplatz. Beaufsichtigt wurde die ländliche Idylle von einer ebenfalls blonden Frau, die es sich, in ein Buch vertieft, auf einer Holzbank gemütlich gemacht hatte. Sie trug geringelte Wollstutzen, eine hautenge, gelbglänzende Radlerhose und ein weites T-Shirt, das die Form ihrer großen Brüste mehr als erahnen ließ.

Ich wiederholte meine Rede von vorhin und sagte: »Hallo!«

Sie las den Abschnitt zu Ende, bevor sie aufblickte. »Wie geht's?«

»Gut. Ich suche Sebastian Prückner.«

»Der Basti? Der ist in der Scheune. Gehen Sie wieder auf die andere Seite und an dem Gebäude links vorbei. Dann sehen Sie schon den Eingang.«

Keine Fragen nach meinem Namen oder dem Grund meines Besuches. Hier war die Welt wirklich noch in Ordnung.

Ich folgte ihren Anweisungen und betrat die Scheune, die Basti alias Sebastian Prückner zu einer Autowerkstatt umgebaut hatte. Der im Inneren versammelte Schrott war schon teilweise recycelt. Überall auf dem Boden lag Werkzeug herum, es gab eine kleine Hebebühne, und es roch nach Altöl und Schmierfett.

Im Motorraum eines alten Mercedes entdeckte ich den Rücken eines Mannes. Der Rücken steckte in einem blauen, ölverschmierten Overall.

Ich trat neben den Mercedes. »Herr Prückner?«

Der Mann schraubte seinen langen Rücken aus dem Motorraum. Er richtete sich auf und wurde immer größer. Am Ende überragte er mich um einen Kopf. Sein weiches Jungengesicht wurde von einem zauseligen Ziegenbart zusätzlich verlängert, das krause, dunkelbraune Haar hatte er zu einem Zopf zusammengebunden. Mir fiel auf, daß lange Haare wieder in Mode kamen.

»Ein nettes Schätzchen«, sagte ich und klopfte auf das Dach des Mercedes.

»Ja.« Seine großen Augen strahlten. »Wenn er wieder läuft, ist er ein Prachtstück. Suchen Sie einen Mercedes? Da drüben habe ich noch einen 79er Benziner. Top in Ordnung, mit Ledersitzen.«

»Nicht direkt«, antwortete ich. »Man hat mir von Ihnen erzählt.«

»Gute Arbeit zahlt sich aus.«

Er klemmte sich eine selbstgedrehte Zigarette zwischen die Lippen. Der erste Zug ging bis in die Lungenspitzen. »Meine alten Kisten laufen wie eine Eins. Sowas spricht sich rum.«

»Haben Sie das richtig gelernt, in einer Autowerkstatt?«

»Nee.« Er grinste. »Ich hab Germanistik und Philosophie studiert. Bis zum Staatsexamen, das hab ich mir geschenkt. War mir echt zu kopflastig.«

»Das hat ein Studium so an sich.«

»Was?«

»Nichts.«

»Ehrlich gesagt, schon während des Studiums hab ich mehr unter Autos gelegen als im Hörsaal gesessen. So konnte ich mir mein Studium verdienen, indem ich die Autos anderer Leute repariert habe. Ich kenn mich aus mit fast allen Marken, egal ob Mercedes, Opel, Volvo. Suchen Sie was Bestimmtes, oder brauchen Sie nur einen fahrbaren Untersatz?«

»Nein, eigentlich will ich kein Auto kaufen.«

»Dann haben Sie eine Schrottmühle, die ich auf Vordermann bringen soll?«

»Auch nicht. Mein Saab ist erst ein Jahr alt.«

Das Pferdegesicht bekam einen ratlosen Ausdruck. »Und weshalb sind Sie hier?«

»Ich möchte mit Ihnen über Gudrun Benningdorf reden.«

»Ich hab doch schon alles gesagt.« Er hielt mich für einen Polizisten. Seine Augen flogen zu einem Hängeschrank, der an der Längsseite der Scheune befestigt war. Wahrscheinlich enthielt der Schrank ein paar Dinge, die ihn in eine unangenehme Lage bringen konnten.

»Ja, allerdings gibt es noch ein paar Kleinigkeiten, die wir klären müssen.«

»Und welche?« Die Zigarette glühte.

»Sie haben uns verschwiegen, daß Sie vorbestraft sind.« Das war ein Schuß ins Blaue. Aber wer war nicht vorbestraft?

»Ach das. Das ist doch schon ewig her. Wieso wird das nicht mal aus der Kartei gestrichen? Ich bin noch nach Jugendstrafrecht verurteilt worden.«

»Wir arbeiten heutzutage mit Computern. Die vergessen nichts.«

»Hören Sie, das war eine Rangelei unter Freunden. Wir waren beide scharf auf dieselbe Frau. Ich hab ihn unglücklich am Kinn getroffen, und er ist mit dem Hinterkopf gegen die Wand geknallt. Im ersten Moment sah es schlimmer aus, als es tatsächlich war.«

»Und diesmal ging es wieder um eine Frau.«

»Ach.« Er schnaubte. »Sie denken, ich hab Gudrun verprügelt, weil sie mit diesem Arschgesicht ...«

»Woher wissen Sie, daß er ein Arschgesicht ist? Sie haben ihn doch gar nicht gesehen.«

»Wer sowas macht, ich meine, mit der Gudrun, der muß ein Arschgesicht sein.«

»Und Sie? Was empfinden Sie für Gudrun?«

»Nee.« Er schüttelte den Kopf. »Zwischen mir und Gudrun ist es aus und vorbei.«

»Trotzdem besuchen Sie sie mitten in der Nacht.«

»So war das nicht, wie Sie denken. Sie wollte ihren Schlüssel zurückhaben, deshalb hat sie mich angerufen. Ich hatte total vergessen, daß der noch bei mir lag. Also bin ich zu ihr hingefahren, aber sie war nicht da. Den Abend habe ich dann mit Freunden in der Stadt verbracht, und auf dem Rückweg dachte ich, ich könnte ...«

»Hmm«, sagte ich. »Haben Sie inzwischen eine neue Freundin? Die blonde Frau da drüben, hinter dem Haus?«

»Die Biggi?« Er gluckste. »Nee, die gehört nicht zu mir.«

Die Biggi und der Basti – rein namentlich hätten sie ein schönes Paar abgegeben.

»Ich hab zwar eine Freundin, aber die wohnt in der Stadt. Die Biggi ist die Frau vom Hennes. Der arbeitet bei den Stadtwerken.«

»Na gut, Herr Prückner, das war's dann vorläufig. Frohes Schaffen noch!«

Er trat die abgebrannte Zigarette aus und zog eine neue aus der Brusttasche. »Beim nächsten Mal könnten Sie vorher Bescheid sagen, daß Sie kommen.«

»Wenn es ein nächstes Mal gibt.«

Am Scheunentor drehte ich mich nochmal um. Prückner starrte mir trotzig hinterher.

Während der Rückfahrt rief ich Hauptkommissar Stürzenbecher an. Er war im Büro und hatte miese Laune.

»Warum hast du mir nicht gesagt, daß Prückner vorbestraft ist?«

»Ist er das? Keine Ahnung.«

»Wegen Körperverletzung.«

»Bestimmt Jugendstrafrecht und älter als acht Jahre. Dann haben wir keinen Zugriff mehr auf die Daten. Und wenn schon, Wilsberg, das wird deinen Klienten auch nicht retten. Wir haben inzwischen die Ergebnisse des Gentests: Das Sperma stammt eindeutig von ihm.«

»Er gibt ja zu, daß er die Benningdorf gevögelt hat.«

»Und ein bißchen geschlagen, aber nicht zu fest. Das kann er seiner Oma erzählen. Tut mir leid, Wilsberg, ich muß dich jetzt abhängen und noch eine Runde ernsthaft arbeiten. Ich habe eine drei Wochen alte Leiche am Hals, bei der ich einfach nicht weiterkomme.«

»Die Studentin, die man am Steiner See gefunden hat?«

»Richtig.« Entgegen seiner Ankündigung plauderte er weiter: »Es gibt sogar einige merkwürdige Parallelen zum Fall Benningdorf. Die Studentin ist vor ihrer Ermordung ebenfalls gefesselt und vergewaltigt worden. Und – jetzt halt dich fest! – die Benningdorf kannte sie, die beiden haben dasselbe Fach studiert.«

Mir lief es eiskalt den Rücken herunter.

»Aber damit enden auch die Übereinstimmungen«, fuhr Stürzenbecher nüchtern fort. »Natürlich bin ich hellhörig geworden, als mich die Lassmann-Noeten von der Sitte informiert hat. Wäre ja auch zu schön gewesen. Bei der Leiche konnten wir Hautpartikel sicherstellen, die mit großer Wahrscheinlichkeit vom Täter stammen. Die Vergleichsanalyse belegt, daß die Gene nicht mit denen im Fall Benningdorf übereinstimmen. Mit anderen Worten: Christian Schwarz kommt als Mörder nicht in Frage. Routinemäßig haben wir auch sein Alibi überprüft. Und er hat ein sehr sicheres: Zum Zeitpunkt des Mordes war er mit einigen Freunden auf einer griechischen Insel.«

Hinter mir hupte es. Ich stand vor einer grünen Ampel.

Franka saß im Büro, spielte *Solitär* am Computer und war der Welt im allgemeinen und mir im besonderen nicht wohlgesonnen.

»Nochmal hör ich mir das nicht an.« Sie nahm den Blick nicht vom Bildschirm. »Beim nächsten Mal werde ich dem alten Sack was vor den Latz knallen, daß er sich umguckt.«

»Sprichst du von unserem Auftraggeber, dem als kreativsten Unternehmer des Jahres 1995 ausgezeichneten Peter Schmidt?«

»Von wem sonst? Er überlegt, ob er uns den Auftrag entziehen soll. Wir seien unzuverlässig und unfähig. Außerdem würde ich mit meinen grünen Haaren doch zu sehr auffallen.« Sie verzog den Mund und ließ ein würgendes Geräusch hören.

»He, ich glaube, er steht nicht auf Punker.«

»Reiz mich nicht, Georg! Ich habe zugehört, brav gelächelt und gedacht: Scheiß-Kerl! Wenn du nicht so beschissen reich wärst, hätte dein Sohn keinen Ärger.«

»Das war sehr vernünftig von dir, daß du deine Gedanken nicht ausgesprochen hast.«

»Georg!«

Bevor wir weitermachen konnten, klingelte es an der Tür.

Till Geskamp kam herein.

»Ich war grad in der Gegend und dachte, ich schau mal vorbei und erkundige mich, ob du Fortschritte gemacht hast.« Er schüttelte mir die Hand und nickte Franka zu.

»Meine Mitarbeiterin Franka Holtgreve ist eingeweiht«, erklärte ich. »Wir können offen reden.«

»So? Ja. Warum nicht?«

»Ja, warum nicht?« fragte Franka spitz.

Ich warf ihr einen drohenden Blick zu und sagte: »Allzuviel ist bis jetzt nicht herausgekommen, abgesehen davon, daß Sebastian Prückner, der Zeuge, der die Benningdorf gefunden hat, wegen Körperverletzung vorbestraft ist.«

»Na, das ist doch schon was«, meinte Geskamp anerkennend.

»Aber es ist sehr lange her, Prückner ist nach Jugendstrafrecht verurteilt worden.«

»Viele Details formen ein Bild, Georg. Welchen Eindruck hast du von Christian?«

»Einen guten, ich meine, er wirkt auf mich nicht wie ein Vergewaltiger.«

»Und Gudrun Benningdorf macht ebenfalls einen glaubwürdigen Eindruck«, sagte Franka.

Geskamp schaute sie konsterniert an. »Ja, äh, ich habe volles Vertrauen zu euch. Ihr werdet schon was finden.«

»Ich weiß nicht«, dämpfte ich seine Hoffnung, »wir müssen in der Vergangenheit von Gudrun Benningdorf und Sebastian Prückner graben. Und das kostet Zeit.«

»Zeit ist das einzige, was wir nicht haben, Georg. Wenn die Wahlen so laufen, wie alle annehmen, steht bald die Regierungsbildung an. Und dann muß Wolfgang ein blütenweißes Hemd haben.«

»Wir tun, was wir können«, versprach ich.

»Ja, dann gehe ich mal wieder.« Geskamp wandte sich zur Tür. »Ach so, da ist noch was. Wolfgang gibt morgen abend eine Party. Einige wichtige Leute, Politiker, Geschäftsleute, Künstler, werden anwesend sein. Er besteht darauf, daß du auch kommst, weil er dich kennenlernen will. Selbstverständlich«, er schaute kurz zu Franka, »kannst du eine Begleitung mitbringen, eine, die in den Rahmen paßt, du verstehst schon.«

Franka saß wie versteinert.

»Sag's schon!« drängte ich. »Dann haben wir es hinter uns.«

»Eine Begleitung, die in den Rahmen paßt«, keifte meine Assistentin. »Was bildet dieser Trottel sich eigentlich ein? Glaubt er, daß ich meine Ratte mitbringe oder ältere Damen mit obszönen Gesten schockiere?«

Ich setzte mich auf den Schreibtisch und legte meine Hand auf ihre Schulter. »Ich weiß, daß es dich heute hart getroffen hat.«

Sie schüttelte meine Hand ab. »Außerdem habe ich sowieso keine Lust, zu so einem blasierten Lackaffen-Champagner-Schlürfen zu gehen.«

»Du darfst dir das nicht so zu Herzen nehmen. Im Grunde ist Till Geskamp kein schlechter Kerl. Früher war er mal richtig fortschrittlich.«

»Wann war das? Vor dem Dreißigjährigen Krieg?«

V

»Wußtest du, daß das Gymnasium Paulinum älter ist als die Stadt Münster? Mehr als zwölfhundert Jahre. Kaum hatte Bischof Liudger seinen Dom gebaut, gab es auch schon eine Domschule. Damals wie heute ging die münstersche Elite auf dieses Gymnasium. Dagegen ist das Stadtrecht erst im zwölften Jahrhundert bezeugt.«

»Hast du heute deinen Quasseltag, oder was?« sagte Franka genervt.

Wir saßen in Frankas Wagen, der auf dem kleinen Parkplatz an der Weseler Straße stand, direkt gegenüber vom Paulinum. Laut Stundenplan würde für Tassilo Schmidt bald das Ende der letzten Unterrichtsstunde läuten, und ich hatte Franka angeboten, mit ihr gemeinsam den Nachhauseweg des Knaben zu beschatten. Eigentlich war es nicht notwendig, daß wir diese Aufgabe zu zweit erledigten, doch ich hatte den Eindruck, daß sie noch an den Ereignissen des gestrigen Tages knabberte. Durch meine Anwesenheit wollte ich sie ein wenig aufmuntern. Bis jetzt mit bescheidenem Erfolg.

Franka stöhnte. »Georg, so geht das nicht weiter. Ich schaffe das einfach nicht mehr. Wie soll ich denn halbwegs vernünftig studieren, wenn ich dauernd für dich arbeite? Da ich nur zu jeder zweiten Seminarsitzung erscheine, krieg ich nie einen Schein.«

»Du hast einen Durchhänger«, sagte ich. »Du bist frustriert und verletzt. Ich verstehe das. An deiner Stelle wäre ich es auch.«

»Nein, das ist es nicht, nicht nur, jedenfalls. Ich fühle mich so – verantwortlich. Sobald ich tatsächlich mehr für die Uni mache, kriege ich ein schlechtes Gewissen. Ich denke, daß du es allein nicht schaffst, daß uns Jobs durch die Lappen gehen, daß – wie im Fall Tassilo – ausgerechnet in diesem Moment seine Verfolger zuschlagen.«

»Noch eine Woche«, bat ich. »Dann werde ich selber wieder mehr übernehmen.«

»Das hast du schon so oft gesagt.«

»Aber diesmal meine ich es ernst. Ich verspreche, daß du maximal fünfzehn Stunden pro Woche arbeiten mußt.«

»Das klappt doch nie.«

»Ich brauch dich, Franka«, sagte ich. »Vor allem, seit ...«

»Das ist es ja«, begehrte sie auf. »Ich kann Hjalmar Koslowski nicht ersetzen. Hjalmar war ein richtiger Detektiv, der konnte Leute einschüchtern und zusammenschlagen. Ich dagegen bin ...«

»Du bist gut.«

»Ach was. Du solltest einen festen Mitarbeiter einstellen, einen, der den Job gelernt hat.«

»Nein.« Ich schüttelte den Kopf. »Ich werde keinen schmerbäuchigen Kaufhausdetektiv einstellen, der schon morgens nach Alkohol stinkt und sich auf den langen Kaufhausfluren die Füße wundgelaufen hat. Lieber mache ich alles alleine.«

»Das Dumme ist«, sagte Franka leise, »daß mir die Sache auch noch Spaß macht. Meistens jedenfalls.«

Ich kraulte ihr buntes, von zuviel Haarfestiger verfilztes Haar.

Sie schniefte. »Laß das!«

Auf der anderen Straßenseite öffneten sich die Türen des Gymnasiums. Eine Horde Schüler ergoß sich auf den Schulhof. Wir entdeckten Tassilos leptosomische Gestalt, die sich zu den Fahrradständern bewegte. Tassilo schloß das Fahrradschloß auf und schwang sich auf den Sattel. Jetzt würde er nach Mauritz radeln, zur Villa seiner Eltern.

Wir ließen ihm dreihundert Meter Vorsprung und fuhren langsam hinterher. Er wußte, daß er beschattet wurde, machte jedoch, wie wir ihm geraten hatten, keinen Versuch, mit uns Kontakt aufzunehmen.

Eine Viertelstunde später erreichte er sicher das schmiedeeiserne Tor des Schmidtschen Anwesens. So war das immer. Die Bösen schlugen dann zu, wenn man gerade was Besseres vorhatte.

Das Haus von Wolfgang Schwarz an der Annette-Allee brauchte sich hinter der Schmidtschen Luxuswohnanlage nicht zu verstecken. Die Lage, auf einer Anhöhe mit ungefiltertem Blick auf den Aasee, war sogar noch feiner, zumal die Stadtplaner die Annette-Allee zur Sackgasse umfunktioniert hatten, so daß die Ruhe der Millionäre nicht durch fließenden Verkehr gestört wurde. Einziger Wermutstropfen war die Aussicht, die man aus den oberen Etagen auf die andere Straßenseite hatte. Dort erstreckte sich der Zentralfriedhof und gemahnte die sensibleren unter den Anwohnern daran, daß auch Reichtum und Macht sie nicht davor bewahren konnten, als Wurmfutter zu enden.

Das Haus sowie eine gesicherte finanzielle Grundlage für ein Leben ohne Arbeit hatte Schwarz' Frau mit in die Ehe gebracht. Schwarz selbst stammte aus einfachen Verhältnissen, wie er vor Fernsehkameras gerne betonte. Daß das Vermögen seiner zukünftigen Frau für den aufstrebenden Jungpolitiker ein Grund zur Eheschließung gewesen sein könnte, wie in Münster kolportiert wurde, erwähnte er in diesem Zusammenhang nicht.

Immerhin war Schwarz, was ja nicht jeder Bundestagsabgeordnete von sich behaupten konnte, mit kleineren Geldbeträgen nicht zu bestechen. So leistete er sich den Luxus, regelmäßig gegen die Erhöhung der Bundestagsdiäten zu stimmen. Angesichts des familiär abgesicherten

Lebensstandards brauchte er die Bezüge ohnehin nur, um die Trinkgeldkasse aufzufüllen.

Am Eingang empfing mich ein befrackter Mensch, der auf Butler mimte. Vermutlich gehörte er zu dem Partyservice, der das Fest organisierte. Er brauchte eine Weile, bis er mich auf der Gästeliste fand, mein Name stand an der untersten Stelle.

Der größte Raum des Erdgeschosses, eine mit mindestens hundert Jahre altem Parkett ausgestattete Spielwiese von beträchtlichen Ausmaßen, war weitgehend von störenden Möbeln befreit, abgesehen von mehreren Sitzgruppen und einem wandfüllenden warmen und kalten Buffet. Die Glasfront, die den Ballsaal von der angrenzenden, noch größeren Terrasse trennte, war weit geöffnet. An gespannten Seilen aufgehängte Lampions und nostalgische Lampen tauchten die Terrasse in ein heimeliges Licht. Weiter hinten im Garten, angestrahlt von Scheinwerfern, machte sich eine Combo bereit, die musikalische Untermalung des Abends zu liefern. Eine leichte Abendbrise, angereichert mit frühherbstlichen Düften, wehte vom Aasee herauf. Wenn jemand wie Schwarz eine Party gab, spielte natürlich auch das Wetter mit.

Gruppen von Menschen standen und saßen sowohl drinnen wie draußen. Die Männer trugen gedeckte Dreiteiler, die Frauen Abendkleider. Einige von ihnen kannte ich von Fotos aus der Lokalzeitung. Falls ihr Aussehen nicht trog, gehörten sie alle zu den Sparten Politik und Geschäftswelt. Einzig ein langhaariger Discobesitzer, der sich mit seiner tigerfellbekleideten Begleiterin auf einem Sofa lümmelte, schien die große Welt der Kunst zu repräsentieren.

Wasserstoffblonde Kellnerinnen in gestreiften Westen, so gleichaussehend, daß sie für einen frühen Erfolg des Klonens gelten konnten, bewegten sich unermüdlich zwischen den Gästen. Auf großen Tabletts transportierten sie den Inhalt einer kleinen Hausbar, ergänzt durch Nichtalkoholisches.

Ich schaffte es, mir einen Apfelsaft zu angeln, doch bevor ich mich dem warmen Buffet widmen konnte, entdeckte mich Till Geskamp.

»Schön, daß du gekommen bist.«

»Die Einladung klang wie ein Befehl.«

Geskamp lachte. »Du wirst deinen Spaß haben, Wolfgang hat nicht gespart. Weißt du, wer die Musik macht?«

»Die Rolling Stones?«

»Nicht ganz, aber knapp darunter. Soll ich dir ein paar Leute zeigen?«

»Wenn's sein muß.«

»Da drüben steht die Oberbürgermeisterin, die kennst du ja. Sie unterhält sich gerade mit dem Präsidenten der Industrie- und Handelskammer und dem Präsidenten von Preußen Münster. In der Gruppe links daneben stehen der Präsident der Handwerkskammer und der Präsident des Bauernverbandes. Die arme Frau, auf die sie einreden, ist die Landesministerin für Arbeit, Soziales, Stadtentwicklung, Kultur und Sport.«

»Mehr Präsidenten als auf dem G-7-Treffen«, wunderte ich mich. »Alles Freunde von Wolfgang Schwarz?«

»Nein. Wir haben bewußt auch politische Gegner eingeladen. Inklusive des Fallschirmspringers von der FDP.« Geskamp kicherte. »Aber der ist ja nach allen Seiten offen. Im Ernst. Einen Wahlsieg feiern – das ist billig. Eine Woche *vor* dem Wahlentscheid feiern – das hat Stil. Außerdem«, er senkte die Stimme, »schien es uns wichtig, nach dem Mißgeschick, das Christian passiert ist, Selbstbewußtsein zu demonstrieren. Wir wollten zeigen, daß wir nicht den Schwanz einkneifen.«

»Besser, Christian hätte den Schwanz eingekniffen, als es darauf ankam«, sagte ich.

Geskamp öffnete den Mund zu einer Antwort, als neben mir ein wütender Bariton dröhnte: »Daß ich ausgerechnet Sie hier sehe!«

Ich drehte mich um. »Herr Schmidt! Ich freue mich auch.«

»Du kennst Peter Schmidt?« fragte Geskamp verwundert. »Er ist einer der Sponsoren von Wolfgangs Wahlkampf.«

»Und einer meiner Klienten«, ergänzte ich.

»Wissen Sie, was er macht?« wandte sich Schmidt an Geskamp. »Statt sich selber um meinen Scheiß-Auftrag zu kümmern, schickt er mir eine gottverdammte Punkerin, fast noch ein halbes Kind. Ich bin ja scheißliberal, ich mache meinen Angestellten weiß Gott keine Kleidungsvorschriften. Aber das hätten Sie sehen müssen: ein Loch in der Hose, Ringe überall im Gesicht und Haare, als wäre sie einem Spray-Künstler in die Hände gefallen.«

»Ich glaube, ich kenne das Mädchen«, sagte Geskamp.

»Aber Herr Schmidt«, lächelte ich, »das ist Verkleidung. Auf diese Weise getarnt, kann Franka Ihrem Sohn unbemerkt folgen. Niemand wird in ihr eine Detektivin vermuten.«

»Da ist ja Wolfgang!« rief Geskamp begeistert. »Komm, ich stell dich ihm vor.« Dabei zog er heftig an meiner Jacke.

Wie jeder wichtige Gastgeber, hatte sich Wolfgang Schwarz mit seinem Auftritt Zeit gelassen, bis alle Gäste versammelt waren. Jetzt sonnte er sich in der Beachtung, lächelte mal hierhin, mal dorthin und schüttelte unentwegt Hände. An der Länge des Schüttelns, zwischen einer und fünf Sekunden, konnte man die Bedeutung des Gastes ablesen.

Geskamp zappelte neben mir wie ein aufgeregtes Kind, das auf den Nikolaus wartet. Als wir endlich an der Reihe waren, sagte er stolz: »Wolfgang! Das ist Georg Wilsberg.«

Schwarz knipste sein Lächeln an. Er sah etwas älter und faltiger aus als auf den Plakaten. Ich zählte die Sekunden, die er meine Hand schüttelte. Fünf. Große Bedeutung.

»Ich muß mit Ihnen sprechen. Kommen Sie in zehn Minuten in mein Arbeitszimmer! Die Tür da vorne.«

Ich nickte. Till Geskamp strahlte mich an.

»Möchten Sie eine Zigarre?«

»Gern.« Wie ich Schwarz einschätzte, würde er mir keine Bahndamm-Auslese anbieten.

»Ich habe ein paar Köstlichkeiten da.« Er ging zur Bücherwand und öffnete einen darin integrierten Wandschrank. »In meinem Humidor.«

Er kam mit ein paar Kisten zurück. »Wenn Havanna-Zigarren nicht bei exakt 21 Grad Celsius und einer relativen Luftfeuchtigkeit von 72 Prozent aufbewahrt werden, kann man sie vergessen.« Er baute die Kisten auf. »Bevorzugen Sie Partagas, Hoyo de Monterrey oder Cohiba?«

»Nicht gerade meine Preisklasse«, sagte ich. »Ich schließe mich Ihnen an.«

»Die Cohiba ist eine der besten Zigarren der Welt. Ursprünglich war sie für den persönlichen Gebrauch von Fidel Castro reserviert. Kenner schätzen an ihr den reichen und weichen Geschmack. Die Hoyo de Monterrey hat einen starken Körper und eine ausgeprägte Würze. Die Partagas besitzt einen ausgezeichneten Smoke mit einem würzigen Deckblatt. Die perfekte After-Dinner-Zigarre.« Er lächelte. »Ich denke, die Partagas ist heute abend angemessen.«

Schwarz holte zwei Zigarren heraus, schnitt sie mit einer Zigarren-Guillotine an, dann gab er mir Feuer. Tatsächlich, der Smoke war nicht zu verachten. Für ein paar Sekunden stand die Welt still. Der Rauch hüllte uns in eine verschworene Zigarrenliebhaber-Gemeinschaft.

Der Bundestagsabgeordnete lehnte sich zurück und streckte lässig die Beine aus. »Als im Zweiten Weltkrieg die Deutschen London bombardierten, galt Winston Churchills größte Sorge dem Zigarrenladen von Alfred Dunhill. Und wußten Sie, daß John F. Kennedy, der geilste Schürzenjäger vor Bill Clinton, tausend Stück seiner geliebten Partagas einkaufen und bunkern ließ, bevor er das Embargo gegen Kuba unterzeichnete?«

»Nein, aber es paßt zu dem, was ich von Jack Kennedy gehört habe.«

»Etwas muß ich Ihnen zeigen.« Erneut begab sich Schwarz zu seinem Humidor und fischte eine Kiste aus den hinteren Regionen. »Was für einen Juwelier die Kronjuwelen, das sind für einen Zigarren-Aficionado die Zigarren in dieser Kiste.«

Ich betrachtete die unscheinbare Schachtel. Sie hatte ein goldfarbenes Etikett mit drei Ts, zwei davon standen auf dem Kopf. Die Unterzeile lautete: *Trinidad. La Habana, Cuba*.

»Die Trinidad«, erklärte Schwarz, »ist so etwas wie ein kubanisches Staatsgeheimnis. Sie wird nur auf Veranlassung von Fidel Castro hergestellt und ist besonderen Ehrengästen vorbehalten. Ich könnte für die Kiste glatt einen Goldbarren in gleicher Größe bekommen, und das wäre noch viel zu billig.«

Er gierte danach, mir die Geschichte der Kiste zu erzählen, und ich tat ihm den Gefallen, ihn danach zu fragen.

»Es war vor zwei Jahren.« Schwarz nahm einen tiefen Zug. »Ich war mit einer Bundestagsdelegation in Kuba. Wir haben das übliche Besuchs- und Gesprächsprogramm absolviert, einschließlich einer Audienz bei Fidel. Der alte Zauselbart muß gemerkt haben, daß ich Zigarrenliebhaber bin. Am Abend hat er mich von einem seiner Leibwächter aus dem Hotel abholen lassen. Wir haben in seinem Arbeitszimmer gesessen, Trinidads geraucht und über Zigarren und die Welt diskutiert. Offiziell hat sich Castro das Rauchen abgewöhnt. Aber das ist eine Propaganda-Lüge. Er raucht immer noch, allerdings hinter zugezogenen Vorhängen. Am Ende, so gegen zwei oder drei Uhr morgens, hat er mir diese Kiste geschenkt. Mir standen fast die Tränen in den Augen. Ich kam mir vor wie ein Kind unter dem Weihnachtsbaum.« Er seufzte. »Tja, Herr Wilsberg, das kann bald alles vorbei sein. Es gilt hop oder top. Entweder ich kehre bei meinem nächsten Besuch in Kuba als Staatsgast zurück, oder ich verschwinde in der Versenkung. Es liegt in Ihrer Hand.«

»Ein bißchen viel Verantwortung für einen kleinen Privatdetektiv.«

Schwarz schenkte mir ein aufmunterndes Lächeln. »Aber Sie haben einen großen Vorteil auf Ihrer Seite: Sie sollen nur die Wahrheit herausfinden, nichts als die Wahrheit. Bringen Sie das Lügengebäude zum Einsturz!« Er legte die zigarrenfreie Hand auf die Brust. »Hier drin schlägt mein Herz als Vater. Ich weiß, daß mein Sohn unschuldig ist. Mögen die kleinkrämerischen Polizisten auch Fingerabdrücke, verlogene Zeugenaussagen und Indizien sammeln. Ich fühle, daß Christian kein Verbrechen begangen hat.«

»Wie oft haben Sie mit Ihrem Sohn in den letzten Jahren gesprochen?«

Er riß seine dunklen, dezent gefärbten Augenbrauen hoch. »Natürlich bin ich oft in Bonn und ansonsten viel unterwegs, innerhalb und außerhalb der Republik. Ich kenne auch nicht jede Einzelheit aus dem Leben meines Sohnes. Mag sein, daß mir sogar die eine oder andere seiner Freundinnen durch die Lappen gegangen ist. Doch es kommt nicht auf Stunden und Minuten an, die wir gemeinsam verbringen. Ich habe Christian aufwachsen sehen. Ich weiß, daß er zu dem, was man ihm vorwirft, nicht fähig ist.«

»Es wäre möglich, daß Sie sich irren.«

»Nein. Aber es kann sein, daß die Intrige, die sich gegen ihn – vielleicht auch gegen mich – richtet, erfolgreich ist.« Er blickte ernst einem Rauchring hinterher. »Ich sage Ihnen was, Herr Wilsberg: Die Welt wird dadurch nicht untergehen. Ich habe noch andere Möglichkeiten. Selbstverständlich muß ich die Verantwortung übernehmen und mich aus der Politik zurückziehen. Nach einer gewissen Schamfrist könnte ich dann die vielfältigen Beziehungen nutzen, die ich zur Wirtschaft habe, insbesondere durch die Familie meiner Frau. Ich würde schon einen Job finden, der mir genügend Gestaltungspotential bietet.«

»Und die Zukunft Ihres Sohnes?«

Er stutzte. »Wir haben ihm einen guten Anwalt besorgt, und sollte es zu einem Prozeß kommen, werden wir weitere Koryphäen hinzuziehen. Die Staatsanwaltschaft muß sich auf einiges gefaßt machen. Zur Not gehen wir durch alle Instanzen.«

Ich betrachtete die halb aufgerauchte Partagas. Sie schmeckte inzwischen etwas schal. Schwarz sprang auf. »Tja, Herr Wilsberg, es war nett, mit Ihnen zu plaudern. Ich muß noch einige vertrauliche Gespräche führen. Das ist der hauptsächliche Sinn eines solchen Festes.«

Ich stand ebenfalls auf. »Vielen Dank für die Zigarre. Ich lasse es Till Geskamp sofort wissen, sobald ich etwas Entlastendes gefunden habe.«

»Warten Sie!« Er ging zum Schreibtisch und nahm ein Buch von einem kleinen Stapel. »Ich schenke Ihnen ein Buch von mir. Damit Sie wissen, für wen Sie arbeiten.« Er schlug das Buch auf und kritzelte ein Autogramm hinein, das einem Nobelpreisträger zur Ehre gereicht hätte.

Mit dem Buch unterm Arm kehrte ich auf die Party zurück. Auf dem Cover war ein Foto von Wolfgang

Schwarz, die geschönte Version. Der Titel verhieß: *Die Zukunft ist das Gestern von Übermorgen. Perspektiven für eine Politik des 21. Jahrhunderts.*

Eigentlich wollte ich nur noch einen Happen essen, ein Glas trinken und mich auf den Nachhauseweg machen. Draußen im Garten hatte die Combo begonnen, Salsa-Klänge zu intonieren. Der Sänger trug eine karierte Jacke und eine Haartolle, die mir bekannt vorkam.

Mit dem gefüllten Teller trat ich auf die Terrasse.

Eine Frau schob sich neben mich. »Ist er nicht süß?«

»Wer? Der Rosenstrauch da vorne?«

»Nein. Götz Alsmann.«

»Ich steh nicht auf Männer mit Haartolle. Die machen das Kopfkissen so schmierig.«

Die Frau lachte. »*Mir* würde er gefallen. Seitdem er abgenommen hat, sieht er richtig gut aus.«

Ich betrachtete sie zwischen zwei Bissen. Für ihre schätzungsweise fünfundvierzig Jahre hatte sie sich recht gut gehalten.

Sie bemerkte meinen Blick und konterte ihn mit einem eindeutigen Flirt-Angebot. »Sind Sie allein hier?«

»Ja.«

»Sie sehen nicht aus wie ein Geschäftsmann oder Politiker.«

»Vielleicht bin ich Künstler.«

»Nein, das glaube ich nicht. Sie sehen aus, als müßten Sie hart für Ihr Geld arbeiten.«

»Das stimmt. Ich bin ... Sicherheitsberater.«

»Und Sie beraten Wolfgang Schwarz in Sicherheitsfragen?« Schon hatte sie mich in der Zange.

»So in etwa.«

»Verstehe, Sie können nicht darüber sprechen.«

»Richtig.«

Ich stellte den Teller ab und legte das Buch von Schwarz unter den Rosenstrauch.

Die Frau beobachtete mich amüsiert. »Morgen früh wird der Gärtner eine Menge Bücher finden.«

Ich fischte ein Glas vom Tablett einer vorbeihuschenden Kellnerin. »Jetzt sollten wir zur Abwechslung mal über Sie reden.«

»Ich bin auch allein hier.«

»Wie kommt's?«

»Politik. Mein Mann ist ein hohes Tier in der Partei. Er fürchtete, daß Schwarz versuchen würde, ihm einen Treueschwur abzuringen. Was macht man in so einem Fall? Man verschafft sich eine gute Ausrede, zum Beispiel einen *wichtigen Termin* im Ausland, und schickt seine Frau. So bewahrt man Distanz, ohne den Gastgeber zu brüskieren. Denn es könnte ja sein, daß sich die mißliche Lage, in die sich Christian Schwarz manövriert hat, in Wohlgefallen auflöst.« Sie lächelte. »Dank Ihrer Hilfe. Ich nehme an, Christian ist das Sicherheitsproblem, bei dem Sie Wolfgang beraten?«

»Sie sind ziemlich neugierig.«

»Ja, das ist eine meiner wenigen Leidenschaften. Sie glauben gar nicht, wie entsetzlich öde das Leben einer Politikerfrau ist. Empfänge, auf denen schnarchlangweilige Reden gehalten werden. Und dauernd soll ich irgendwelche Kinderheime mit behinderten oder verhaltensgestörten Kindern besichtigen. Wenn man eins gesehen hat, hat man alle gesehen. Aber ich bin eine brave Ehefrau, engagiere mich fleißig für eine Stiftung und besuche in Wahlkampfzeiten abwechselnd Kinder- und Altenheime. Die Gespräche bewegen sich ungefähr auf dem gleichen geistigen Niveau.«

»Sie sind nicht nur neugierig, sondern auch zynisch.«

»Das wird man zwangsläufig. Schauen Sie sich das an!« Sie machte eine Handbewegung, die das Partytreiben umfaßte. »Das ist doch alles nur Fassade. Ist Ihnen nicht aufgefallen, daß Schwarz' Frau nirgendwo zu sehen ist?«

»Offen gestanden: Nein. Ich kenne Frau Schwarz nicht einmal.«

»Mechthild Schwarz ist in einer Klinik. Sie hat die Geschichte mit Christian nicht verkraftet. Und ihr lieber Gatte veranstaltet eine rauschende Party. Darauf kann man doch nur mit Zynismus reagieren.«

Die Band machte eine Pause, und Götz Alsmann strebte mit schnellen Schritten zum Haus. Als er an uns vorbeikam, blieb er kurz stehen und flüsterte meiner Gesprächspartnerin etwas in Ohr, während er mir zublinzelte. Beide lachten hell auf.

Nachdem er verschwunden war, sagte sie: »Götz macht so herrlich unanständige Bemerkungen.«

»Über mich?«

»Nein. Über mich.«

Sie hieß Linda Terhaar und kannte viele amüsante Geschichten über die gute und bessere Gesellschaft Münsters, anwesende Personen eingeschlossen. Ich steuerte Anekdoten aus meinem Privatdetektivalltag bei, über denselben Personenkreis. Unser Spiel bestand darin, daß ich die Eigenschaften der Personen beschrieb, und sie die dazugehörigen Namen erraten mußte. Sie war gut.

Die Band spielte einen zweiten Durchgang.

Linda vergnügte sich mit Wein, ich mit Wasser.

Im Garten und im Haus wurde es leerer.

Die Band hörte auf zu spielen.

»Sie haben keinen Alkohol getrunken«, sagte Linda. »Hätten Sie etwas dagegen, mich nach Hause zu bringen?«

Ihr Mann war weit weg. Ich hatte seit über einem Jahr nicht mehr mit einer Frau geschlafen. Sie sah nicht schlecht aus. Ich mochte ihre ironische Art. Ich sagte ja.

»Warten Sie«, sagte ich, als wir fast an der Haustür waren. »Ich habe etwas vergessen.«

Ich ging zum Rosenstrauch zurück und holte das Buch von Wolfgang Schwarz.

Linda lachte, als sie das Buch sah. »Wollen Sie das wirklich lesen?«

»Mich interessiert, was meine Klienten denken.«

»Das hat Wolfgang doch gar nicht selbst geschrieben. Zehn zu eins, daß der Text von Till Geskamp stammt.«

»Das macht auch nichts.«

Die Terhaars wohnten in einem weißen Haus an der Nordstraße, außerhalb des Rings.

»Da wir unter uns sind, können wir mit dem blöden Gesieze aufhören«, sagte Linda. »Darf ich dir noch einen Espresso anbieten? Oder trinkst du zu späterer Stunde auch Alkohol?«

»Nein«, sagte ich.

»Wozu?« fragte sie.

»Zum Alkohol. Mit allem anderen bin ich einverstanden.«

Zum Glück hatte ich meine Notfall-Nachtcreme dabei.

Sie brachte mir eine Tasse Espresso. In der anderen Hand hielt sie ein Glas Champagner. Als sie sich neben mich setzte, streifte ihre linke Brust zufällig meinen Arm.

Sie brauchte ziemlich lange im Badezimmer. Als sie ins Bett kam, roch sie nach Zimt oder irgendeinem anderen Weihnachtsgewürz.

VI

Die Sonne schälte sich durch die bunten Vorhänge. Feuchte Herbstluft schwappte ins Schlafzimmer. Wir hingen unseren Gedanken nach. Linda hatte sich gleich nach dem Aufwachen ein Aspirin geholt. Ihre Munter- und Redseligkeit des vergangenen Abends war morgendlicher Kargheit gewichen. Ich wußte nicht, was ich gerade erlebte – den Beginn einer Affäre oder das Ende eines One-Night-Stands.

»Das ist doch komisch«, sagte ich. »Sein Sohn steht vor der Aussicht, für etliche Jahre im Gefängnis zu verschwinden, und der Mann redet nur über Zigarren und seine Karriere.«

Linda atmete aus. »Politiker sind eitel, mindestens so schlimm wie Schauspieler. Die denken zuerst an sich, dann an sich und dann erst an andere. Ich weiß, wovon ich rede. Ich bin mit einem Politiker verheiratet.«

»Alle Menschen sind eitel«, widersprach ich. »Aber es gibt Momente im Leben, in denen anderes wichtiger wird. Wenn man einen Funken Gefühl im Leib hat.«

»Politiker ticken anders. Hast du mal gesehen, wie ein Politiker Zeitung liest? Ich meine: ein wichtiger Politiker, nicht so ein Hanswurst auf den hinteren Bänken. Er steht unter Strom, seine rechte Hand zuckt ständig zum Telefon, er ist blind für seine Umgebung. Dabei interessieren ihn keine Meldungen, zu denen er sich nicht äußern kann oder muß. Unglücke, Kriege, Statements von ausländischen Regierungschefs – alles uninteressant. Ein Politiker liest die Zeitung nur unter zwei Gesichtspunkten: Gibt es etwas, das mich in Verlegenheit bringen kann, weswegen ich mich verteidigen muß? Und: Gibt es etwas, das meine

Gegner in Verlegenheit bringt, weswegen ich angreifen kann?«

Linda redete schneller: »Die wichtigste Arbeitszeit eines Politikers ist die Zeit zwischen sechs und neun Uhr morgens. Wenn mein Mann zu Hause ist, steht er um sechs Uhr auf und liest die Zeitung. Um sieben hat er einen Spickzettel mit eingängigen Formulierungen fertig. Denn falls er sich verteidigen muß, ruft spätestens um sieben ein Journalist an. Und falls er angreifen kann, beginnt er um sieben, ein paar ihm bekannte Journalisten anzurufen. Wenn um neun oder zehn die Sitzungen anfangen, muß alles erledigt sein.«

»Ein ziemlich langer Arbeitstag«, sagte ich. »Nach den Sitzungen kommen die Arbeitsessen und am Abend die Empfänge und inoffiziellen Kungeltreffen.«

Linda lachte. »Bei den Sitzungen kann man sich schon entspannen. Bis auf die Vorturner hört niemand zu. Während der Chauffeur einen zum nächsten Termin fährt, kann man ein Nickerchen machen. Und vergiß nicht den Mittagsschlaf – der ist Politikern heilig.«

Das Telefon im Flur klingelte. Linda stand auf. Ich bemühte mich, nicht hinzuhören. Es war ohnehin klar, wer da anrief. Es war Viertel nach neun. Lindas Ehemann hatte seine Arbeit erledigt, er dachte an seine Frau.

Wir frühstückten schweigsam. Linda hatte noch kein Make-up aufgelegt, sie sah fast so alt aus, wie ich sie schätzte. Aber ich war ja auch nicht mehr der Jüngste.

Nach dem Frühstück brachte sie mich zur Tür. »Ich weiß, was du sagen willst.«

»Ich wollte nichts sagen.«

»Wir lassen es auf uns zukommen. Vielleicht sehen wir uns wieder, vielleicht nicht. Vielleicht rufe ich dich an, vielleicht nicht.«

Ich gab ihr meine Karte.

Sie küßte mich auf den Mund und sagte entschuldigend: »So ist das, wenn man verheiratet ist.«

»Woher weißt du eigentlich, daß ich *nicht* verheiratet bin?«

Ein leichtes Rosa überzog ihr Gesicht. »Ich habe mich bei Till Geskamp nach dir erkundigt.«

»Wann?«

»Bevor ich dich angesprochen habe.«

Unkonzentriert erledigte ich Hausarbeit. Es war mein Sarah-Wochenende, und ich wollte die Wohnung zumindest vom gröbsten Schmutz befreien. Dabei gingen mir tausend Sachen durch den Kopf.

Gegen Mittag rief ich Imke, meine Ex-Frau, an, um mit ihr die Modalitäten der Übergabe unserer vierjährigen Tochter zu regeln. Imke lebte inzwischen mit ihrem Freund zusammen, in einer Drei-Zimmer-Wohnung in Lüdinghausen. Für eine ehemalige antiklerikale Terroristin ein steiler Abstieg.

Imke war am Telefon erstaunlich freundlich. Ich konnte mich nicht erinnern, wann das zuletzt passiert war.

Lüdinghausen am Samstag glich einer Geisterstadt. Ich klingelte und wartete an der Wohnungstür auf Sarah.

»Komm doch herein!« sagte Imke.

Schon wieder eine Neuerung. Ich betrat den frischverlegten Teppich in der sauberen, kleinen, hellen, scheißungemütlichen Wohnung.

»Möchtest du einen Kaffee?« fragte Imke.

»Nein, danke. Ich möchte eigentlich gleich wieder ...«

»Sarah ist sofort fertig. Setz dich doch solange in die Küche!«

Ich setzte mich in die Küche. Imke sah verstört und übernächtigt aus. Sie hatte verquollene Augen. Ihr Freund war nicht in Sicht. Ich kombinierte.

Imke setzte sich zu mir. Ihre Hände zitterten. »Was hast du mit Sarah vor?«

»Nichts besonderes. Zur Zeit ist Send in Münster. Ich dachte, ich könnte mit ihr mal hingehen.«

»Send.« Imke lächelte. »Da war ich schon ewig nicht mehr. Was hältst du davon, wenn wir morgen mittag zusammen hingehen? Sarah würde es bestimmt Freude machen, mit uns beiden gemeinsam etwas zu unternehmen.«

»Warum nicht?« sagte ich.

Auf der Rückfahrt nach Münster fragte ich Sarah: »Wo ist denn Chris?«

»Der ist weg. Hat seine ganzen Sachen mitgenommen.«

»Macht er eine Reise?«

»Nein. Chris ist für immer weg, sagt Mama.«

Sarah guckte irgendeinen lustigen Zeichentrickfilm im Fernsehen. Ich las in dem Buch von Wolfgang Schwarz. Der Stil erinnerte mich an die Kinderbücher, die ich Sarah manchmal vorlas. Es war viel von Mut, Verantwortung und Pflicht die Rede. Die modernen Politiker, die die Aufgaben der Zukunft begriffen hatten, ähnelten den Rittern an König Artus' Tafelrunde. Die bösen Riesen, Drachen und Geister, gegen die sie kämpften, hießen in der Diktion von Schwarz: Pessimismus, Vertrauen auf die alten Rezepte und Schielen nach trügerischen Mehrheiten. Als gute Geister, die den Rittern der modernen Politik zur Seite standen, tauchten die verstorbenen Großen in Schwarz' Partei auf. Sie waren so gut, so edel und in ihrer Zeit so weitsichtig gewesen, daß man sich fragte, warum wir nicht längst in einer besseren Welt lebten.

»Papa, mir ist langweilig«, sagte Sarah. Der Zeichentrickfilm war zu Ende.

Wir spielten fünfmal Memory. Ich hatte keine Chance.

Dann spielten wir ein Würfelspiel, bei dem Kinder lernen sollten, die Straße nur an Ampeln oder auf Zebrastreifen zu überqueren. Es war zum Gähnen pädagogisch.

Wir aßen, und ich fragte Sarah vorsichtig über den Grund des Zerwürfnisses zwischen Imke und Chris aus. Sarah wollte nicht so recht antworten. Offenbar hatte es einige lautstarke Auseinandersetzungen gegeben, unter denen das Mädchen litt.

Nach dem Essen spielten wir noch einmal Memory. Mit zunehmender Müdigkeit von Sarah kam ich besser ins Spiel.

Als sie eingeschlafen war, schaute ich mir einen Actionfilm nach dem anderen an. Zwischendurch kamen Nachrichten. In Afrika und Afghanistan gab es die üblichen Kriege, Bill Clinton bemühte sich weiter, Oralverkehr als nichtsexuelles Verhältnis gesellschaftsfähig zu machen. Stoibers Krönung zum bayerischen König hatte der SPD einen Dämpfer verpaßt, doch seitdem unsere jugendliche Familienministerin sich verplappert und eine baldige Erhöhung der Mehrwertsteuer angekündigt hatte, spürten Schröder und Lafontaine wieder Aufwind.

Neben und über uns jaulten monströse Maschinen, dröhnte Lautsprechermusik, kreischten Menschen. Zum Glück war Sarah noch nicht in dem Alter, in dem es Spaß macht, sich zusammen mit Mami oder Papi herumwirbeln, auf den Kopf stellen oder auf eine andere Art malträtieren zu lassen. Allein die Vorstellung, in der Achterbahngondel zu sitzen, die hoch über unseren Köpfen schwebte, bereitete mir Fußsohlenkribbeln.

Sarah zog eine gepflegte Karussellfahrt auf einem bunten Pferdchen vor, zu fast ebener Erde und in gemächlichem Tempo. Imke und ich standen am Rand und lächelten wie stolze Eltern.

Eine glückliche Familie, die einen Sonntagsausflug zum Send machte.

Chris sei ein Schwein, sagte Imke.

Sarah hatte genug vom Karussellfahren und wollte eine Zuckerwatte. Sie bekam Zuckerwatte.

Chris sei ein Arschloch, sagte Imke.

Wir schlenderten an Buden vorbei, an denen man Lose kaufen, mit Lederbällen auf Dosen werfen oder mit gerollten Kugeln ein Pferderennen gewinnen konnte. Vor einer Geisterbahn für Kinder gab es eine kurze Diskussion, ob wir uns gemeinsam in einen Wagen setzen sollten. Im letzten Moment schreckte Sarah zurück, und wir quetschten uns weiter durch die Menschenmassen.

Schlüters Boxbude existierte nicht mehr.

Sie hasse Chris, sagte Imke.

An einem Bratwurststand aßen wir Bratwurst und tranken Cola.

»Gefällt es dir, Schätzchen?« fragte Imke.

Sarah nickte heftig. »Gut.«

»Und daß Mama und Papa mit dir zusammen hier sind?«

Sarah nickte zögernd. »Auch gut.«

Wir schlenderten weiter. Die Menschenmenge schien noch zuzunehmen.

»Hast du eine Freundin?« fragte Imke.

»Nein«, sagte ich.

»Keine Affären?«

»Nichts Ernstes.«

»Und was macht deine Trinkerei?«

»Ich bin seit zwei Jahren trocken.«

Sarah wollte noch einmal Karussell fahren. Es war ein modernes Karussell, statt Pferdchen und Feuerwehrwagen kreisten kleine Raumschiffe. Wieder standen wir am Rand und lächelten.

Mein Handy klingelte. Linda war dran.

»Kommst du heute abend vorbei?«

»Ich weiß nicht, ob ich es schaffe. Ich rufe dich später noch mal an.«

»Was ist das für ein Lärm im Hintergrund?«

»Ich bin mit meiner Tochter auf dem Send.«

Imke schaute mich forschend an.

»Ich habe etwas Wichtiges für dich.«

»Was denn?«

»Das kann ich dir am Telefon nicht sagen. Es geht um den Fall, Christian Schwarz, du verstehst schon. Wenn das stimmt, was ich erfahren habe, ist er ganz erheblich entlastet.«

Ich zögerte.

»Was ist? Kommst du?«

»Na gut. Ich komme.«

»Um acht Uhr. Bei mir. Okay?«

Ich steckte das Handy ein.

»Wer war das?« fragte Imke.

»Eine Informantin. Es hat mit dem Fall zu tun, an dem ich gerade arbeite.«

»Und sie hat dich zu sich eingeladen?«

»Ja. Was ist daran merkwürdig?«

»Ihr habt was miteinander.«

»Quatsch. Es ist rein geschäftlich.«

»Du lügst.«

Ich verdrehte die Augen.

»Du kannst mir nichts vormachen, Georg. Dafür waren wir zu lange liiert.«

Sarah stand vor uns und schaute mit großen Augen von einer zum anderen.

VII

Lindas Haus in der Nordstraße war nur zehn Minuten Fußweg von meiner Wohnung entfernt. Ich schlenderte durch das nächtliche Kreuzviertel.

Das Familienleben fehlte mir. Nicht, daß mir das Alleinsein Probleme bereitete, in jahrelanger Übung hatte ich darin eine gewisse Perfektion entwickelt. Aber der Nachmittag auf dem Send hatte mich wehmütig gemacht. Anschließend waren wir zu der Eisdiele an der Kreuzkirche gegangen. Dann hatte Imke Sarahs Sachen zusammengepackt und war mit ihr nach Lüdinghausen verschwunden.

Nach meinem Telefongespräch mit Linda war Imke ein paar Grade frostiger geworden. Ich wollte nicht darüber nachdenken. Chris war erst seit einer Woche verschwunden. Er konnte zurückkehren. Ein anderer Mann konnte auftauchen. So war das Leben.

Ich klingelte an Lindas Tür. Sie öffnete fast sofort. Sie trug ein leichtes, weit ausgeschnittenes Kleid. Ihr Make-up war perfekt. Ich registrierte, daß sie eine Fortsetzung unserer Affäre plante.

Beim Betreten des Wohnzimmers nahm sie ein halb gefülltes Glas von der Anrichte. Ihre Schritte waren nicht mehr ganz sicher. Offenbar hatte sie am Nachmittag schon einige Drinks gehabt.

»Daß du eine Tochter hast, hat mir Geskamp nicht erzählt.«

»Sie heißt Sarah und ist vier Jahre alt. Ein süßes Mädchen.«

»Und was ist mit deiner Frau?«

»Meine Ex-Frau lebt in Lüdinghausen.«

Linda seufzte. »Ich habe leider keine Kinder.«

»Warum nicht?«

»Rudolf wollte immer welche. Kinder lassen einen Politiker seriöser wirken. Denk an Johannes Rau! Der hat zwei Wahlkämpfe mit seinen Kindern gewonnen. Dabei hat er erst geheiratet, als er schon im Opa-Alter war. Was meinst du wohl, warum?« Sie lächelte kurz. »Jetzt labere ich dich mit Partei-Tratsch voll. Tatsache ist, daß ich mich geweigert habe. Ich wußte, daß Rudolf keine Zeit gehabt hätte, sich um die Kinder zu kümmern. Alles wäre an mir hängen geblieben. Heute bereue ich meine konsequente Haltung.«

Ich setzte mich auf ein Sofa. Linda blieb vor mir stehen und nippte an ihrem Glas. »Möchtest du etwas trinken?«

»Ein Wasser, bitte!«

Sie ging in die Küche und kehrte mit einem Fläschchen Edel-Mineralwasser zurück.

»In deiner Gegenwart macht es keinen Spaß zu trinken.«

»Mich stört es nicht.«

»Aber mich«, sagte sie. »Man kommt sich irgendwie schlecht vor. So, als ob man vor den Augen eines Vegetariers ein Spanferkel verspeist.«

»Das Gefühl kenne ich. Meine Assistentin war Veganerin. Das ist noch viel schlimmer.«

»War? Ist sie es nicht mehr?«

»Ich habe sie neulich mit einem Käsebrötchen erwischt.«

»Und du machst keine Ausnahme?«

»Es geht nicht um *ein* Glas. Wenn ich anfangen würde zu trinken, läge ich um Mitternacht sturzbetrunken auf deinem Teppich. Und ich weiß nicht, ob ich so viele Leben habe wie Harald Juhnke.«

Linda lachte nervös. »Vermutlich wärst du dann nicht mehr zu dem fähig, was ich mit dir vorhabe.«

»Zumindest könnte ich mich hinterher nicht mehr daran erinnern.«

Sie ging zu der kleinen Bar an der Innenwand und füllte ihr Glas wieder auf. Langsam steckte mich ihre Nervosität an.

»Du hast gesagt, du hättest eine Information für mich.«

»Ja.« Sie nahm einen großen Schluck. »Ich habe mit einer Freundin über Christian Schwarz geredet.«

»Auch über mich?«

»Nein. Wo denkst du hin? Ich kann Geheimnisse für mich behalten.«

Sie war sich des Widerspruchs ihrer Worte offenbar nicht bewußt.

»Meine Freundin ist die Frau eines bekannten Unternehmers, ich kann dir ihren Namen nicht nennen. Sie möchte, daß die Geschichte nicht an die große Glocke gehängt wird.«

»Welche Geschichte?«

»Warte ab! Also, während wir darüber reden, das heißt, während ich darüber rede, daß es dem kleinen Christian an den Kragen geht, benimmt sie sich plötzlich merkwürdig. Ich merke, daß ihr irgend etwas auf der Seele liegt, und bohre vorsichtig nach. Schließlich, nach einigem Hin und Her, rückt sie damit heraus: Ihre Tochter ist mit einem Typ befreundet, einem Nordafrikaner namens Ibrahim Garcia. Dieser Garcia hatte vorher etwas mit jener Gudrun ...«

»Benningdorf.«

»Richtig. Die vom süßen, unschuldigen Christian gequält und vergewaltigt worden sein will. Und, was glaubst du, hat Gudrun von Ibrahim verlangt?«

»Sie wollte, daß er sie fesselt und schlägt.«

»Stimmt«, sagte Linda.

»Hat er's getan?«

»Das weiß ich nicht.«

»Warum ist er mit seiner Information nicht zur Polizei gegangen?«

»Soviel ich verstanden habe, hat er Angst vor der deutschen Polizei. Vielleicht stimmt etwas mit seiner Aufenthaltsgenehmigung nicht. Auf jeden Fall sitzt der Bursche auf heißen Kohlen, seit er von den Vorwürfen gegen Christian gehört hat. Er möchte dem Jungen helfen, ohne selbst ins Rampenlicht zu treten. Und da dachte ich ...«

»An Georg Wilsberg.«

»Genau. Er ist bereit, mit dir zu reden. Ich habe das mit der Tochter meiner Freundin besprochen, ohne deinen Namen zu nennen, selbstverständlich. Meinst du, du könntest mit seiner Aussage etwas anfangen?«

»Wenn er nicht bereit ist, vor Gericht als Zeuge aufzutreten, ist die Geschichte wertlos.«

»Aber ...«

Ich legte meine Hand auf Lindas Schulter, sie rückte ein Stück näher zu mir.

»Ich werde mit Ibrahim Garcia sprechen. Möglicherweise kennt er andere junge Männer, die ähnliche Erfahrungen gemacht haben.«

Sie nahm meine Hand und schob sie unter ihr Kleid. Ihre Brust war weich und feucht.

»Mein Mann ist immer noch im Ausland«, flüsterte sie. »Ich habe Lust auf dich.«

Ich zog meine Hand aus dem Ausschnitt. »Sei mir nicht böse, Linda!«

Sie setzte sich gerade hin. »Und ich dachte, *ich* wäre diejenige, die bestimmt, wann wir es treiben.«

»Mir ist heute einfach nicht danach.«

Sie schaute mich skeptisch an. »Du bist heute so anders als vorgestern.«

»Vorgestern war vorgestern. Wir waren auf einer Party. Wir waren fröhlich und dachten nicht an morgen. Heute ...«

»... warst du mit deiner Tochter auf dem Send.«

»Ja.«

Linda beugte sich vor. »Deine Frau war auch dabei.«

»Meine Ex-Frau. Ich war mit meiner Tochter *und* meiner Ex-Frau auf dem Send. In dieser Reihenfolge.«

»Du trauerst deiner Familie nach«, sagte Linda enttäuscht.

Ich lächelte. »Ich habe einen Freund. Der ist Hauptkommissar bei der Kripo. Die Gespräche mit ihm verlaufen so ähnlich.«

Linda lachte kurz. »Entschuldige! Ich wollte dich nicht ausfragen. Wir sind uns gegenseitig nicht verpflichtet. Du führst dein Leben und ich meins. Okay?«

Sie bemühte sich, nicht zu zeigen, wie verletzt sie war. Und ich tat so, als ob ich es nicht bemerken würde. Trotzdem kam die Unterhaltung nicht mehr in Gang. Wir betrieben höfliche Konversation.

Eine knappe halbe Stunde später leitete ich meinen Rückzug ein.

»Um noch mal auf Ibrahim Garcia zu kommen: Hast du seine Adresse?«

Wortlos ging Linda zum Schrank und holte einen Zettel hervor. »Auf der Klingel steht W. Ubrich. Kann sein, daß Garcia nicht angemeldet ist.«

Die Adresse befand sich in der Coerdestraße, quasi bei mir um die Ecke.

»Danke. Soll ich dich anrufen?«

Ihre Augenlider flackerten. »Lieber nicht. Über die Kanäle meines Mannes bin ich sowieso auf dem laufenden.«

Ich streckte meine Hand aus, um ihre Wange zu streicheln. Sie zuckte zurück.

»Es tut mir leid, Linda.«

Sie schaute auf den Boden. »Es gibt nichts, was dir leid tun müßte.«

»Ich habe keine Lust auf eine Affäre. Ich möchte nicht

abhängig sein vom Terminplan deines Ehemannes oder davon, wie eure Ehe gerade läuft.«

Sie betrachtete weiter die Bodenfliesen. »Geh jetzt!«

Am Sonntag abend hatte niemand geöffnet, am Montag morgen drückte ich erneut auf die Klingel neben dem Namensschild *W. Ubrich*.

Diesmal sprang die Haustür auf, ich stieg zwei Stockwerke hoch und wurde von einem mittelgroßen Mann mit schwarzem Kraushaar und arabischen Gesichtszügen erwartet.

»Sind Sie Wilsberg?«

»Und Sie Ibrahim Garcia?«

»Kommen Sie rein!«

Er ging voran durch einen langen Flur. Auf der rechten Seite war eine Tür nur angelehnt. Durch den Spalt entdeckte ich einen Koffer mit geöffnetem Deckel. Der Koffer stand auf einem Bett.

Wir kamen in eine kombinierte Wohnküche, eine windschiefe Spüle, ein Kühlschrank aus den siebziger Jahren, durchgesessene Polstermöbel. Die typische Studentenbude.

Garcia bot mir einen Sitzplatz an. »Mein Deutsch ist nicht besonders.«

»Ich verstehe Sie ausgezeichnet.«

Er wirkte hochgradig nervös, seine rechte Hand spielte unablässig mit einer Gebetskette. »Ich wollte Sie nicht sehen. Gabi hat mich, wie sagt man, getrieben.«

»Wer ist Gabi?«

Er zuckte. »Meine Freundin.«

»Ah. Und wer ist W. Ubrich?«

Er guckte verständnislos.

»Der Name an der Tür.«

»Ach so.« Er nickte heftig. »Ein Freund. Ich wohne nur auf Besuch. Ubrich ist weg, eine Reise.« Er schaute sich um. »Ich bin erst kurz hier. Weiß nicht, wo alle Sachen sind.«

»Das macht nichts, Herr Garcia«, versicherte ich. »Sie wollen mir eine Geschichte erzählen, deshalb bin ich gekommen.«

»Die Geschichte von Gudrun. Wo soll ich anfangen?«

»Am besten vorne. Wo und wie haben Sie sie kennengelernt?«

»Das war im Sommer. Fest an der Uni. Fest von ausländischen Studenten, vor dem Schloß. Musik, gutes Essen, Tanz bis in den Morgen. Ich habe getanzt, Gudrun hat getanzt. Sie ist eine wunderschöne Frau, Herr Wilsberg.«

»Ja«, bestätigte ich. »Ich habe sie gesehen.«

»Ich habe mich in sie verliebt, und sie sich in mich. Wir haben getanzt, bis, wie sagt man, die Sonne aufschritt.«

»Sehr romantisch.«

»Romantisch, ja. Alles war gut.«

»Und dann?«

»Wir sind zu ihr gegangen, in Studentenwohnheim an Horstmarer Landweg.« Die Gebetskette rasselte schneller.

»Weiter, Herr Garcia!«

»Ich bin nicht so ein Mann«, platzte es aus ihm heraus. »Es gibt Männer, die mögen das, auch in meiner Heimat. Ich nicht. Ich bin im Gefängnis gewesen, ich habe das am eigenen Leib erfahren. Ich hasse Fesseln und Folter.« Er sprach plötzlich klar und fehlerlos.

»Sie müssen mir genauer erzählen, was passiert ist!« insistierte ich.

Sein Gesicht drückte Ekel aus. »Sie brachte Lederriemen, für Hände und Füße, und eine Peitsche.«

Eine Peitsche! Das war eine Neuerung.

»Ich sollte sie fesseln und auspeitschen.«

»Und haben Sie es getan?«

»Nein.« Er spuckte voller Verachtung auf den abgetretenen Teppich. »Ich war entsetzt. Ich war, wie sagt man, wie vereist. Hier unten«, er griff sich in den Schritt, »war es tot. Ich bin so schnell gegangen, wie ich gekommen bin.« Er schnaufte durch die Nase und schaute mich an. »Das ist die ganze Geschichte, Herr Wilsberg. Ich wollte vergessen, und ich habe vergessen. Bis zu dem Moment, in dem Gabi von Gudrun geredet hat. Sie hat mir Zeitung gezeigt, in der Sohn vom Politiker verdächtigt wird. Ich war, wie sagt man, erschauert. Er ist unschuldig, Herr Wilsberg. Es darf nicht sein, daß er ins Gefängnis kommt. Ich möchte helfen, das zu verhindern.«

»Das können Sie am besten dadurch, daß Sie zur Polizei gehen und eine Aussage machen.«

»Nein, nein.« Er schüttelte heftig den Kopf. »Das geht nicht. Ich habe mein Studium abgebrochen, bin durch die Prüfung gestürzt. Man wollte mich zwingen, Ihr schönes Land zu verlassen. Im letzten Moment habe ich eine Frau gefunden, die mich geheiratet hat. Zum Schein, verstehen Sie. Aber wir leben getrennt. Jetzt will sie sich scheiden lassen, will eine Familie haben. Wenn sie erfährt, was ich gemacht habe, tut sie es bestimmt.«

»Sie haben doch nichts gemacht«, sagte ich.

»Trotzdem. Sie ist eine sehr moralische Frau.« Die Gebetskette überschlug sich.

»Falls Sie nicht bereit sind, vor Gericht als Zeuge auszusagen, wird Christian Schwarz verurteilt.«

Sein Blick wirkte gehetzt. »Es war Fehler, daß ich mit Ihnen gesprochen habe.«

»Nein, das war es nicht, Herr Garcia. Selbstverständlich muß ich respektieren, daß Sie anonym bleiben wollen. Ich möchte nur, daß Ihnen klar ist, wie die Lage aussieht. Vor Gericht zählt kein Hörensagen.«

Er nickte. »Sagen Sie Christian, daß es mir leid tut.«

»Das wird ihn kaum aufbauen. Aber vielleicht können Sie mir in anderer Hinsicht weiterhelfen: Kennen Sie jemanden, der ebenfalls diese spezielle Erfahrung mit Gudrun Benningdorf gemacht hat, einen Mann, für den es kein Risiko darstellt, vor Gericht auszusagen?«

Ibrahim Garcia war den Tränen nahe. »Ich habe sie nie mehr wiedergetroffen. Es war doch nur eine Nacht, eine einzige Nacht.«

Nach einem zweiten Frühstück in einem kleinen Café im Kreuzviertel kehrte ich ins Büro zurück und stieß auf Franka.

Es war nicht zu übersehen, daß sich im Fall Tassilo Schmidt eine dramatische Zuspitzung ergeben hatte. Franka hatte ein blaues Auge.

Sie grinste stolz. »Ich habe die Schweine erledigt.«

»Du ganz allein?«

»Bist du blöd? Ich habe zuerst die Bullen angerufen. Dann bin ich Tassilo zu Hilfe gekommen. Die wollten ihn zu fünft in die Mangel nehmen. Echt unfair. Einem von denen habe ich voll in die Eier getreten, der hat gequiekt wie ein junger Hund.«

Ich deutete auf ihr blaues Auge. »Fünf gegen zwei ist immer noch ein ungesundes Verhältnis. Unsere Aufgabe bestand darin, zu observieren und zu identifizieren. Ich kann nicht verantworten, daß du dich in Gefahr begibst.«

»Ich kann das nicht verantworten«, wiederholte sie ironisch. »Was glaubst du, wen du vor dir hast, Georg? Soll ich zugucken, wie mein kleiner Tassilo von fünf Schlägern aufgemischt wird?«

»Dein kleiner Tassilo, so so. Vor kurzem war es noch der verhätschelte Millionärssohn.«

Franka ging nicht darauf ein. »Außerdem kamen die Bullen ziemlich schnell. Sie haben drei von den Typen festgenommen.« Sie nahm Haltung an. »Auftrag erfüllt,

Chef. Ich erwarte einen feuchten Händedruck und meine Erfolgsprämie.«

»Sobald der alte Schmidt die Rechnung bezahlt hat, die ich gleich schreiben werde. Übrigens bin ich im Fall Schwarz ein großes Stück weitergekommen.« Ich erzählte ihr von Ibrahim Garcia.

Sie riß ihr gesundes Auge auf. »Aber das heißt ja ...«

»Das heißt, daß Gudrun Benningdorf gelogen hat. Sie hat dich reingelegt.«

»Dieses Luder. Was machen wir jetzt?«

»Erst einmal nichts.«

»Das meinst du nicht wirklich, Georg? Wir gehen zu ihr und reiben ihr die Geschichte unter die Nase. Ich bin gespannt, was ihr dazu einfällt.«

»Und wenn sie cool bleibt und weiter leugnet? Garcias Geschichte ist nicht gerichtsverwertbar. Nein, ich habe eine andere Idee.«

»Was für eine Idee?«

»Die Ausführung ist ein bißchen gefährlich, deshalb möchte ich dich da raushalten.«

»*Die* Masche schon wieder«, sagte Franka empört. »Ich brauche Sie nicht mehr, Fräulein Franka, Sie können nach Hause gehen.«

»Richtig. Außerdem wird es Zeit, daß du einen Eisbeutel auf dein Auge legst. Sonst schwillt es noch mehr an.«

VIII

Auf dem Land ging man früh ins Bett. Der Bauernhof lag still und dunkel unter einer dichten Wolkendecke. Etwa hundert Meter vor dem Gehöft ließ ich den Wagen in einen Feldweg rollen. Mit Hilfe eines Nachtsichtgerätes kontrollierte ich noch einmal das Gelände, dann packte ich mein Werkzeug zusammen und machte mich zu Fuß auf den Weg.

Das Schloß des Scheunentores würde kein großes Problem darstellen, eher befürchtete ich, daß Sebastian Prückner den verräterischen Inhalt des Hängeschrankes verbraucht oder umgelagert hatte.

Vorsichtig schlich ich an den Schrottautos vorbei zur Scheune. Aus dem Haupthaus kam kein Mucks. Ohne Probleme erreichte ich das Scheunentor und machte mich daran, die Schrauben des Schlosses zu entfernen. Fast alle waren angerostet, und ich begann zu schwitzen.

Als ich bei der letzten Schraube angelangt war, hörte ich aus dem Inneren der Scheune ein kehliges Geräusch. Etwas schlappte auf mich zu und knurrte. Verdammt! Mit einem Hund hatte ich nicht gerechnet. Ich verharrte ein paar Sekunden bewegungslos. Dann hatte ich einen Ersatzplan.

Eine halbe Stunde später betrat ich *Charlotte's Imbiß* am Hauptbahnhof. Ich kaufte zwei rohe Bratwürste, was unter den currywurstessenden Nachtschwärmern für einige Witzeleien sorgte. Mit den Würsten fuhr ich zu meiner Wohnung.

Ich zerkleinerte fünf Antihistamintabletten und stopfte das Pulver in die Würste. Antihistamintabletten unterdrücken den Juckreiz, haben aber auch eine einschläfernde Wirkung, besonders auf Hunde, die nicht an Antihistaminika gewöhnt sind.

Begleitet von einem gefährlichen Knurren entfernte ich die letzte Schraube des Scheunentores. Ich öffnete das Tor eine Wurstbreite und schob die präparierten Bratwürste ins Innere. Der Hund überlegte nicht lange, welchem Instinkt er folgen sollte, er fraß die Würste mit lautem Schmatzen auf.

Nach fünf Minuten stieg ich über den schlafenden Schäferhund hinweg in die Autowerkstatt-Scheune. Der Hängeschrank war mit einem einfachen Schnappschloß gesichert, das ich mit einer Zange knackte. Hinter Autoradios und Autoschlüsseln entdeckte ich einen Plastikbeutel, der eine dunkelgrüne Masse enthielt.

Ich schnüffelte. Haschisch, mindestens hundert Gramm. Volltreffer.

Nach dem zwanzigsten Klingeln meldete sich eine mürrische Frau. Mit etwas gutem Willen glaubte ich in ihr die blonde, vollbusige, kinderhütende Biggi zu erkennen. Ich bat sie, Sebastian Prückner ans Telefon zu holen. Sie antwortete mit einer unfreundlichen Bemerkung und knallte den Hörer neben den Apparat.

»Wissen Sie eigentlich, wie spät es ist?« fauchte Prückner.

»Na klar. Sollen wir einen Uhrenvergleich machen? Bei mir ist es zwei Minuten vor zwei.«

»Wer sind Sie überhaupt?« fragte er verblüfft.

»Mein Name ist Georg Wilsberg. Ich war vor ein paar Tagen bei Ihnen.«

Er wurde unsicher. »Der Polizist?«

»Nicht ganz. Ich bin Privatdetektiv.«

Ein heftiger Raucherhusten erschütterte die Leitung. »Ich hab mir schon so was gedacht. Guddi hat mir erzählt, daß ihr der alte Schwarz ein paar Schnüffler auf den Hals gehetzt hat. Das waren wohl Sie?«

»Wenn Sie mit *Guddi* Gudrun Benningdorf meinen, dann ist das richtig.«

»Äh ... Und was wollen Sie?«

»Mit Ihnen reden. Kennen Sie das *Alcatraz*?«

»Ja, aber ...«

»Ich erwarte Sie dort in einer halben Stunde.«

»Jetzt? Sind Sie bescheuert?«

»Das *Alcatraz* hat bis fünf geöffnet.«

»Sie glauben doch nicht im Ernst, daß ich mitten in der Nacht nach Münster fahre, nur weil Sie das sagen?«

»Schauen Sie in den Hängeschrank in der Scheune! Dann entdecken Sie ein überzeugendes Argument.« Ich legte auf.

Ich war seit einer halben Ewigkeit nicht mehr im *Alcatraz* gewesen. Um Apfelsaft zu trinken, braucht man keine Stammkneipe. Wolfgang stand hinter der Theke und begrüßte mich halb erfreut und halb besorgt. Ich plauderte ein bißchen mit ihm und zerstreute seine Befürchtung, daß ich dabei war, einen Rückfall zu erleiden.

Dann setzte ich mich an einen Tisch. Um diese Uhrzeit bekam man sogar im *Alcatraz* einen freien Sitzplatz.

Sebastian Prückner kam fünf Minuten zu spät. Er stützte sich mit beiden Händen auf dem Tisch ab und beugte seinen riesigen Oberkörper drohend vor. »Was haben Sie mit dem Hund gemacht?«

»Keine Sorge. Der schläft nur tief und fest. Morgen früh wird er sich wie ein junger Hund fühlen.«

Prückner setzte sich. Seine Erregung verrauchte. Die Angst, wegen des Haschischbeutels ans Messer geliefert zu werden, gewann die Oberhand.

Eine Kellnerin mit müden Augen erschien an unserem Tisch, und wir bestellten.

»Und was ist ...«

»Der Beutel befindet sich an einem sicheren Ort.« Ich dämpfte die Stimme. »Ich mache Ihnen ein Angebot: Ich verzichte auf eine Anzeige wegen Drogenbesitzes, und Sie erhalten Ihr *shit* sogar zurück.«

»Unter welcher Bedingung?«

»Unter der Bedingung, daß Sie mir sagen, was in jener Nacht, als Sie Gudrun Benningdorf besucht haben, wirklich passiert ist.«

Er dachte nach. »Welche Garantie habe ich?«

»Gar keine. Sie müssen mir vertrauen.«

Die Kellnerin brachte sein Bier und meinen Apfelsaft. Er legte seine schwieligen Hände um das Glas, als wäre es eine Kristallkugel, die ihm die Zukunft verraten könnte. »Okay, ich sag's Ihnen.«

»Kluge Entscheidung.«

»Ich hab die Guddi verprügelt.«

»Warum?«

»Warum?« Er riß seine großen Hundeaugen auf. »Weil sie es so wollte. Mensch, die Guddi kann völlig verrückt sein. Sie ist okay, ein nettes Mädchen, aber was Sex angeht, ist sie total daneben. Ich bin ja nicht zimperlich, doch was sie von mir verlangt hat, ist mir auf die Dauer fürchterlich auf den Sack gegangen. Deshalb hab ich ja mit ihr Schluß gemacht.« Er holte Luft. »In der Nacht hat sie mich angerufen. Sie hat gesagt, ich müsse sofort vorbeikommen. Ich hab's getan, um der guten alten Zeiten willen. Und dann hat sie verlangt, daß ich sie schlage. Sie war völlig außer sich. Ich glaube, sie war stinksauer auf diesen Typen, der sie aufgegeilt und dann sitzen gelassen hat, diesen Christian Schwarz.«

»Und Sie haben mitgespielt?«

»Was sollte ich denn tun? Wenn die Guddi in diesem Zustand ist, ist sie unberechenbar.«

»Natürlich. Sie hat Sie eingeschüchtert«, sagte ich.

Er runzelte die Stirn. »Sie denken, weil sie so lieb und schmächtig aussieht, ist sie harmlos. Da täuschen Sie sich. Sie kann hardcoremäßig draufkommen, dann wird sie zum Tier, und man kriegt wirklich Angst.«

»Lassen wir das mal so stehen. Wieso haben Sie anschließend bei der Polizei gelogen?«

»Das war Guddis Idee, ehrlich. Plötzlich hat sie mit der Polizei telefoniert. Ich war total von den Socken. ›Was soll das, Guddi?‹ hab ich sie gefragt. Sie hat nur gelacht und gesagt, sie wolle es diesem Schlappschwanz heimzahlen.«

»Sie beantworten meine Frage nicht, Herr Prückner.«

Er blies die Backen auf. »Mir blieb keine andere Wahl. Hätte ich den Bullen gesagt, daß ich sie so zugerichtet habe, dann wäre *ich* doch dran gewesen. Die Guddi hatte mich völlig in der Hand.«

»Ist Ihnen jemals der Gedanke gekommen, daß Gudrun Benningdorf mit der Geschichte einen Plan verfolgt hat, zum Beispiel den alten Schwarz zu erpressen?«

Er kaute auf seiner Unterlippe. »Ich hab mir alles mögliche überlegt. Die Guddi wußte, daß der Bursche der Sohn von einem bekannten Politiker ist. Das hat ihr ja besonderen Spaß gemacht. Sie hat gesagt, wenn sie die Geschichte an die große Glocke hängt, dann ist der Alte erledigt. Aber davon, daß sie ihn erpreßt hat, weiß ich nichts. Denn überlegen Sie mal: Hätte sie den Alten ausnehmen wollen, wäre sie doch nicht zuerst zur Polizei gegangen, oder?«

An dem Punkt war ich auch nicht weitergekommen.

»Krieg ich jetzt meinen Stoff zurück?«

»Nicht sofort.«

»He, Sie haben es mir versprochen.«

»Wer sagt mir, daß Sie nicht morgen Ihre Meinung wieder ändern und bei Ihrer alten Aussage bleiben? Passen Sie auf, Prückner! Sie gehen morgen früh zur Polizei und geben das zu Protokoll, was Sie mir gerade erzählt haben. Sobald ich die Bestätigung habe, kriegen Sie Ihren Stoff zurück. Falls Gudrun Sie nicht wegen Körperverletzung anzeigt, und das scheint mir nach Lage der Dinge ziemlich unwahrscheinlich, haben Sie nichts zu befürchten.«

»Scheißkerl«, murmelte er.

Ich tat so, als hätte ich es nicht gehört.

Frankas Auge schillerte in allen bläulichen Schattierungen, aber sie versicherte standhaft, daß es nicht weh tue. Eine Detektivin kennt eben keinen Schmerz.

Meine halbherzigen Versuche, ihr einen bezahlten Krankentag zu gewähren, verliefen ergebnislos. Sie wollte unbedingt dabeisein, wenn ich Gudrun Benningdorf zur Rede stellte. Letztlich war ich darüber nicht unglücklich. Mit einer Zeugin fühlte ich mich sicherer, denn nach allem, was ich über sie gehört hatte, kam mir die Benningdorf irgendwie unheimlich vor.

Dann passierte das, was neunzig Prozent des Detektivalltags ausmacht: Wir mußten im Auto warten, weil Gudrun an der Uni oder wo auch immer war. Immerhin gab es gegenüber vom Studentenwohnheim einen kleinen Laden, mit dessen Vorräten wir die Wartezeit überbrückten. Seitdem Franka wieder Milchprodukte zu sich nahm, entwickelte sie einen enormen Appetit.

Nach dem dritten großen Joghurtbecher konnte ich mir eine entsprechende Bemerkung nicht verkneifen.

»Na und?« konterte meine Assistentin. »Der Arzt hat es mir empfohlen.«

»In dieser Menge?«

Sie verzog das Gesicht. »Findest du etwa, daß ich dick bin?«

»Noch nicht. Aber wenn du so weitermachst ...«

»Sehr charmant, Georg. Ich liebe deine Komplimente.«

»Charme gehört zur Grundausstattung eines Detektivs«, grinste ich. »Damit öffnen sich alle Türen.«

»So, wie du es beim ersten Mal geschafft hast, mit Gudrun Benningdorf zu reden.«

Eins zu null für Franka.

Am frühen Nachmittag kam Gudrun angeradelt. Sie war sittsam gekleidet und sah ziemlich harmlos aus. Gar nicht wie der Vamp, der jungen Männern das Herz in die heruntergelassene Hose rutschen ließ.

Wir gaben ihr zwei Minuten Vorsprung, bevor wir an ihr Apartment klopften.

»Wer ist da?« fragte sie durch die verschlossene Tür.

Franka sagte ihren Namen.

»Ist der Andere auch dabei?«

»Ja«, bestätigte ich.

»Verschwinden Sie! Ich habe Ihnen nichts zu sagen.«

»Ich habe Ibrahim Garcia getroffen«, verkündete ich laut.

Schweigen.

»Und mit Sebastian Prückner geredet. Prückner war heute bei der Polizei und hat seine Aussage korrigiert.«

»Sie bluffen doch nur.«

»Rufen Sie ihn an!«

Schritte entfernten sich. Ich preßte ein Ohr ans Holz und hörte, daß die Benningdorf telefonierte. Von Hauptkommissar Stürzenbecher wußte ich, daß Prückner seinen Teil der Abmachung eingehalten hatte. In diesem Moment brach Gudrun Benningdorfs Lügengebäude zusammen.

Als sie die Tür öffnete, wirkte sie erstaunlich gefaßt. »Ich habe Sie unterschätzt. Sie sind ein noch mieseres Schwein, als ich dachte.«

Ich ließ mir meinen Stolz nicht anmerken. »Dürfen wir eintreten?«

Ihr Blick wanderte zu Franka. »Wer hat dich denn so zugerichtet, Kleine?«

»Spielt keine Rolle«, sagte Franka lässig. »Ein anderer Fall.«

Benningdorf verschränkte die Arme. »Was wollen Sie von mir? An Ihrer Stelle würde ich zum alten Schwarz gehen und den Judaslohn kassieren.«

»Es gibt da ein paar Ungereimtheiten, zu denen wir Ihre Meinung hören möchten«, erklärte ich.

»Sie sind einer von den Gründlichen, was?« Ein verächtliches Lächeln huschte über ihr bleiches Gesicht. »Na schön. Ich gebe Ihnen fünf Minuten.«

Die winzige Wohnküche war mit drei Menschen fast überfüllt. Franka und ich setzten uns auf ein billiges Zweisitzersofa, Gudrun nahm die dritte Sitzmöglichkeit, den Schreibtischstuhl. Die Tür zum angrenzenden Miniaturschlafzimmer war weit geöffnet, vermutlich, um das Gefühl der Enge zu lindern. Ich sah ein schmales Kiefernholzbett mit Blümchenbettbezug. Nicht gerade das, was man sich unter einer Sado-Maso-Höhle vorstellte.

»Enttäuscht?« fragte Benningdorf spöttisch. Sie hatte meinen Blick verfolgt.

»Ja. Ich hatte schwarze Wände und ein Foltergestell erwartet.«

»Sie sehen auch nicht so aus wie die Detektive im Fernsehen.«

»Sondern?« erkundigte ich mich amüsiert.

»Wie ein abgehalfterter Intellektueller, der mit einem Punkie-Mädchen rumzieht.«

»Eine erstaunliche Beobachtungsgabe«, lobte ich. »Tatsächlich war ich mal Rechtsanwalt.«

»Ich würde es allerdings vorziehen, wenn Sie mich nicht Kleine oder Mädchen nennen würden«, grollte Franka. »Außerdem ziehe ich nicht mit ihm rum. Ich arbeite für ihn. Das ist alles.«

Benningdorf kräuselte die Lippen. »Dann schießt mal los, Leute! Ich denke, daß die Polizei bald hier auftauchen wird.«

»Warum haben Sie das gemacht?« fragte ich.

»Was gemacht?«

»Eine Vergewaltigung vorgetäuscht und Christian Schwarz beschuldigt. Soweit ich weiß, haben Sie keinen Versuch unternommen, Christian oder seinen Vater, den Politiker, zu erpressen. Offen gestanden, kommt mir die Sache ziemlich unlogisch vor.«

»Unlogisch.« Sie stieß ein Zischen aus. »Seit wann sind Gefühle logisch, Sherlock? Der Typ hat mich heiß gemacht und sich dann einfach verpißt. Ich war sauer auf ihn. Ich hatte mich in ihn verliebt, wenn Sie die romantische Erklärung vorziehen. Und alles, was er wollte, war ein kleiner Fick.«

»Sie hatten ihn doch erst wenige Stunden zuvor kennengelernt. Woher kamen denn die tiefen Gefühle?«

Sie schaute zur Seite. »Denken Sie, was Sie wollen!«

»Steckt Prückner dahinter? Oder hatten Sie beide gemeinsam den Plan, mit der Erpressung bis kurz vor der Gerichtsverhandlung zu warten, um den Preis zu erhöhen?«

Sie blieb cool bis in die schwarzgefärbten Haarwurzeln. »Lecken Sie mich!«

»Das ist mir zu gefährlich.«

Wir starrten uns an.

»Noch was, Sherlock?«

»Sind Sie bereit, Ihre Anschuldigungen gegen Christian Schwarz zurückzunehmen?«

»Mir bleibt wohl nichts anderes übrig. Ich habe keine Lust, mich bei der Gerichtsverhandlung lächerlich zu machen.«

»Dann haben Sie sicher auch nichts dagegen, wenn wir Sie zum Polizeipräsidium begleiten?«

»Wozu? Ich brauche keine Kindermädchen.«

»Ich möchte sicher sein, daß ich die Erfolgsprämie bekomme.«

Hauptkommissarin Lassmann-Noeten war eine relativ kleine Person, die ihre Körpergröße mit einem strengen Blick und einer furchterregenden Helmfrisur kompensierte. Sie schaute Gudrun Benningdorf in die Augen. »Schön, daß Sie gekommen sind. Ich habe schon versucht, Sie zu erreichen.«

»Jetzt bin ich ja da«, sagte Benningdorf schlicht.

Lassmann-Noeten drehte den Kopf in meine Richtung. »Und Sie? Sind Sie ihr Rechtsbeistand?«

»Mein Name ist Wilsberg. Ich bin Privatdetektiv und arbeite im Auftrag von Wolfgang Schwarz.«

»Ich schätze die Zusammenarbeit mit Privatdetektiven nicht besonders, Herr Wilsberg.«

»Wenn Sie Ihre Arbeit ordentlich gemacht hätten, wäre ich auch nicht tätig geworden.«

Die Hauptkommissarin verzog keine Miene. »Wollen Sie mir etwas unterstellen, Herr Wilsberg?«

»Nein. Ich stelle nur etwas fest, nämlich daß das Verfahren gegen Christian Schwarz der politischen Gegenseite gut in den Kram paßt.«

Lassmann-Noeten dachte nach und nickte dann. »Ich habe Ihre Meinung verstanden. Sollten Sie eine Dienstaufsichtsbeschwerde einreichen wollen, wenden Sie sich an meinen Chef. Guten Tag, Herr Wilsberg!«

»Einen Moment noch«, sagte ich. »Kann ich davon ausgehen, daß gegen Christian Schwarz nicht länger ermittelt wird?«

Statt einer Antwort guckte die Hauptkommissarin Gudrun Benningdorf an.

Die sagte nur ein einziges Wort: »Ja.«

IX

Till Geskamp quietschte wie das Schimpansenweibchen, mit dem sich Tarzan in den Baumkronen des Dschungels herumgetrieben hatte. Aber seitdem mir Franka erzählt hatte, daß die DNA von Schimpansen und Menschen zu 98,4 Prozent übereinstimmen, wir Menschen im Grunde genommen also nur die dritte Schimpansenart sind, wunderte mich in der Beziehung überhaupt nichts mehr.

»Das ist ja groooßartig«, heulte Geskamp, nachdem er sich vom Quietschen erholt hatte. »Super, toll, affengeil. Du, das muß ich sofort Wolfgang erzählen. Bleib in der Nähe des Telefons! Ich denke, daß wir das medienmäßig ausschlachten werden. Dann spielst du die Hauptrolle, neben Wolfgang, natürlich.«

Ich legte auf und genoß den Triumph.

»Findest du nicht, daß das ein bißchen einfach war?« sagte Franka. Sie saß am Computer und gab einen Text ein.

»Wie? Einfach?«

»Na, Gudrun Benningdorf ist doch praktisch sofort eingeknickt. Ohne Gegenwehr.«

»Vergiß nicht, daß ich ihren Kronzeugen Prückner erledigt habe.« Ich schenkte Franka das Lächeln eines Siegers. »Und das war ein Stück harte Arbeit. Ich bin in seine Werkstatt eingebrochen, habe sein *shit* geklaut und ihn anschließend auf kleiner Flamme geröstet.« Ich stutzte. »Da fällt mir ein, daß ich ihm den Stoff noch zurückgeben muß. Das Beutelchen dürfte einen halben Tausender wert sein.«

»Trotzdem«, beharrte Franka. »Dafür, daß sie sich so

viel Mühe mit Christian Schwarz gegeben hat, hätte man erwarten können, daß sie nicht so schnell aufgibt.«

»Sie ist eben eine kluge Frau«, widersprach ich. »Sie weiß, wann sie verloren hat.«

Franka klickte die Maus an, und der Drucker ratterte los. »Wie auch immer. Hier hast du meinen Abschlußbericht in Sachen Tassilo Schmidt. Da im Moment nichts weiter anliegt, werde ich mich den Rest der Woche meinem Studium widmen.«

Ich lächelte generös. »Tu das! Geskamp will den Erfolg medienmäßig ausschlachten. Vermutlich bin ich in den nächsten Tagen damit beschäftigt, Interviews zu geben.«

Franka schaute mich kritisch an. »Du solltest dich rasieren und dir eine schwarzrotgoldene Krawatte kaufen. Das wirkt staatstragender.«

Ich lächelte weniger generös. »Ich will *nicht* in den Bundestag.«

»Aber du läßt dich von diesem Schwarz für seine Kampagne einspannen. Für mich sind alle Politiker gleich. Es müßte mal eine Partei geben, die sich für die Rechte der Tiere einsetzt.«

»Mit einem Affen als Bundestagspräsidenten?«

»Einer Äffin, Georg. Die Emanzipation unter Menschenaffen schreitet voran.«

Das Telefon klingelte. Ich winkte Franka einen Abschiedsgruß zu und nahm ab.

Es war Geskamp. Er hatte sich etwas abgekühlt und klang jetzt geschäftsmäßig: »Das Konzept für die Medienoffensive steht in groben Zügen. Ich soll dir übrigens im Namen von Wolfgang einen herzlichen Glückwunsch bestellen. Wir jagen die Einladung zu einer großen Pressekonferenz sofort raus. Tempo heißt das Schlüsselwort. Wir müssen schnell handeln, damit wir noch vor der Wahl einen Effekt erzielen. Die PK findet morgen früh in einem Hotel in der Bonner Innenstadt statt. Gediegener

Rahmen, verstehst du, Klein-Klein bringt nichts. Ich schätze, wir können auch einige Fernsehsender interessieren. Halt dir auf jeden Fall morgen den ganzen Tag frei. Paß auf! Wolfgang schlägt vor, daß du schon heute nach Bonn kommst. Wir haben zur Zeit eine Besuchergruppe aus dem Münsterland da. Wolfgang macht heute abend mit denen eine Fahrt auf dem Rheindampfer. Dann können wir alles weitere besprechen. Sei einfach um halb acht an der Anlegestelle. Der Bundestag ist gleich daneben. Die Spesen, Zugfahrt, Übernachtung im Vier-Sterne-Hotel und so weiter, zahlen wir. Alles klar?«

»Ja«, sagte ich.

Mit dem IC – zum Glück war Münster nicht an das ICE-Netz angeschlossen – fuhr ich entspannt und erster Klasse nach Bonn. Der Zugbegleiter erfüllte mir auf Zuruf alle Getränkewünsche, und ich kam sogar dazu, einigermaßen gründlich die Zeitung zu lesen.

Die Ausstrahlung des Videos mit Präsident Clintons Aussagen zur Lewinsky-Affäre vor der Grand Jury war diesseits des Atlantiks auf eine breite Volksfront der Ablehnung gestoßen. Kanzler Kohl fand das peinliche Verhör »zum Kotzen«, Oskar Lafontaine »ekelerregend« und Guido Westerwelle »unter aller Sau«. Endlich einmal klare Worte von unseren Politikern.

Der Wahlkampf plätscherte dagegen langweilig vor sich hin. In ihrer Not griffen die Meinungsforschungsinstitute zum Äußersten und erklärten den Ausgang der Wahl für offen, um wenigstens ein Minimum an Spannung zu erzeugen.

Am Bonner Hauptbahnhof setzte ich mich in eine zur U-Bahn aufgemotzte Straßenbahn, die mich zur Museumsmeile brachte. Die drei protzigen Klötze, das *Haus der Geschichte*, das *Kunstmuseum Bonn* und die *Ausstellungs-*

halle der Bundesrepublik Deutschland, stammten aus einer Zeit, als alle glaubten, die Bundesrepublik würde auch im nächsten Jahrtausend an der Elbe enden und das provinzielle Hauptstädtchen bräuchte ein bißchen Kultur. Zum Beispiel ein Museum, in dem die Reliquien der Nachkriegszeit ausgestellt wurden. So was wie Konrad Adenauers Dienstwagen oder eine italienische Eisdiele aus den fünfziger Jahren.

Von einem früheren Besuch in Bonn wußte ich, daß sich der Bundestag in der Nähe befand. Und tatsächlich mußte ich meinen detektivischen Spürsinn nicht übermäßig in Anspruch nehmen, um den protzigen Glaspalast, der für die letzten Jahre der Bonner Republik gebaut worden war, ausfindig zu machen. In den Anblick des imposanten Gebäudes versunken, kam mir der Gedanke, daß es einem Land, das sich gleich zwei Parlamentsneubauten leistete, nicht wirklich schlecht gehen konnte.

Wenige Tage vor der Bundestagswahl war das Gelände natürlich verwaist. Abgesehen von einigen ausländischen Kamerateams, deren Reporter vor dem leeren Bundeshaus standen und über Stimmungen in der Bevölkerung schwadronierten.

Ich schlenderte zu dem Kiosk an der Ecke, kaufte mir ein Eis und fragte nach der Bootsanlegestelle. Die alte Dame, die vermutlich die demokratische Elite mehrerer Legislaturperioden abgefertigt hatte, gab bereitwillig Auskunft. Während ich zur Heussallee zurückging, lief mir Heiner Geißler über den Weg. Er schien sich auf die Nach-Kohl-Ära zu freuen.

Ich wartete keine fünf Minuten, als zwei Busse heranrollten und etwa sechzig Menschen ausspuckten. Unter die zumeist älteren Paare in C & A-Design, die die fröhliche Lautstärke eines Kegelclubs verbreiteten, mischten sich ein paar idealistisch dreinblickende Jeans- und Turnschuhträger.

Fast gleichzeitig erschien ein schwarzer Mercedes auf der Bildfläche, dem Wolfgang Schwarz und Till Geskamp entstiegen. Schwarz sah braungebrannt und entspannt aus. Er nickte mir kurz zu, bevor er mit staatsmännischer Geste die Besuchergruppe begrüßte. Das Lachen verstummte, Augen leuchteten auf, Unterkiefer klappten nach unten, und Hände, die gerade noch Bierdosen gehalten hatten, spendeten spontanen Applaus.

Till Geskamp kam zu mir.

Ich deutete mit dem Kopf auf die Polittouristen. »Alles Stammwähler, was?«

»Schlimmer noch«, erwiderte Geskamp. »Wahlhelfer. Der Ausflug ist ein kleines Dankeschön für ihren Einsatz. Drei Tage Vollpension, inklusive Weinprobe und der obligatorischen Gespräche in Ministerien. Auf Kosten des Bundestages, versteht sich.«

Wir gingen an Bord eines der drei Schiffe, die am Rheinufer lagen. Kaum hatte der letzte aus der Besuchergruppe das Boot betreten, wurde die Planke hochgezogen, und der Kahn legte ab.

»Hier werden täglich bis zu zwanzig Gruppen durchgeschleust«, erklärte Geskamp. »Da ist alles genau getimed.« Er stellte mir eine junge und gutaussehende Frau vor, die die Wahlhelfer angeführt hatte. »Karin Uphoff von unserem Bonner Büro. Sie ist für Wolfgangs Besuchergruppen zuständig.«

Karin Uphoff schüttelte mir freundlich die Hand. »Ich dachte, ich lerne hier was über Politik. Dabei bin ich nur eine bessere Reiseleiterin.«

Geskamp lachte. »Allein in dieser Legislaturperiode haben wir zweitausend Leute nach Bonn und Berlin gebracht. Scherzhaft sprechen wir schon vom Reiseunternehmen Schwarz. Aber es lohnt sich. Die Menschen sind Wolfgang dankbar und wirken als Multiplikatoren in der Bevölkerung.«

Die Tische im Schiffsinneren waren beladen mit Schüsseln, Platten und Flaschen. Es gab Kartoffelsalat, Würstchen und Schnittchen.

Geskamp zeigte auf einen Fenstertisch. »Du sitzt bei Wolfgang, Karin und mir. Dann können wir noch ein bißchen über die Strategie reden.«

Der Bundestagsabgeordnete, der ein kurzes Bad in der Menge genommen hatte, stand jetzt vor mir und ergriff meine rechte Hand mit beiden Händen. Seine tiefe Stimme zitterte salbungsvoll: »Ich bin Ihnen zu großem Dank verpflichtet, Herr Wilsberg. Sie haben nicht nur meinen Sohn, sondern auch meinen Arsch gerettet.«

Fast wäre mir warm ums Herz geworden, hätten seine kalten grauen Augen nicht durch mich durchgeblickt.

Das Schiff stampfte rheinaufwärts, Richtung Bad Godesberg. Draußen war es dunkel geworden, und von der Landschaft war nicht mehr zu erkennen als eine Perlenkette von Lichtern. Angestrahlte Hotels und Burgruinen bildeten kleine Lichtinseln, an denen man erkennen konnte, daß wir uns tatsächlich bewegten.

»Ich halte noch schnell eine kleine Rede«, sagte Schwarz. »Ihr könnt schon mal anfangen.«

Während ich mir Würstchen und Kartoffelsalat auf den Teller schaufelte, eilte der Ministerkandidat zu einer langgestreckten Theke, hinter der etliche Weißuniformierte darauf warteten, das Geschirr wieder abräumen zu dürfen.

Schwarz ließ sich ein Mikrophon geben und postierte sich auf der Treppe, die zum Oberdeck führte: »Einen schönen guten Abend, liebe Freunde! Freundinnen sage ich besser nicht, sonst denkt jeder an Bill Clinton.«

Ungefähr die Hälfte schnallte den Witz.

»Als Wahlhelfer und *Wahlhelferinnen*, das darf ich sagen, habt ihr euch in den letzten Wochen für mich krummgelegt. Ich weiß, was es bedeutet, in Fußgängerzonen und vor Supermärkten zu stehen, Zuspruch, aber auch heftige Kritik zu ernten. Ich hoffe, der Besuch hier in Bonn war eine kleine Entschädigung für die Anstrengungen. Wir haben uns jedenfalls bemüht, euch den Aufenthalt so angenehm und so informativ wie möglich zu gestalten.«

Mehr oder weniger gichtige Finger trommelten auf die resopalbeschichteten Tische.

»Nun, auch für mich ist der heutige Tag ein besonderer«, fuhr Schwarz fort. »Ihr habt vielleicht von den Vorwürfen gehört, die gegen meinen Sohn erhoben wurden. Die Zeit der Ungewißheit, das könnt ihr mir glauben, war für mich als Vater alles andere als erquicklich.«

Schwarz machte eine Pause. Eine fallende Gabel durchschnitt die Grabesstille wie ein Glockenschlag. Man konnte hören, wie alle die Luft anhielten.

»Aber vor wenigen Stunden ...«, er holte tief Luft, »... ist der Beweis für die Unschuld meines Sohnes erbracht worden. Eine große Last ist von meiner Familie und von meinen Schultern genommen worden. Halt!« unterbrach er den aufbrandenden Beifall. »Applaudieren Sie nicht mir! Applaudieren Sie dem Mann, der die Wahrheit ans Licht gebracht hat!« Sein Arm schnellte in meine Richtung. »Dem Privatdetektiv Georg Wilsberg aus Münster. Was die Polizei nicht vermochte, hat er in wenigen Tagen geschafft.«

»Steh auf!« zischte Geskamp.

Ich stand auf und verbeugte mich nach allen Seiten. Dafür, daß der Fall so leicht zu lösen gewesen war, heimste ich eine Menge Lorbeeren ein.

»Ich will euch nicht länger vom Essen und Trinken abhalten«, dröhnte Schwarz' Stimme durch die Lautsprecheranlage. »Wenn der nächste Sonntag das bringt, was wir erhoffen und erwarten, dann bin ich vielleicht bald, toi, toi, toi, in einer Position, in der ich eine Menge für

Münster und das Münsterland bewegen kann. Ihr versteht schon, was ich meine. Vielen Dank, daß ihr mir zugehört habt.«

Er wartete, bis der Beifall verebbte.

»Und noch eins: Eigentlich müßtet ihr Getränke, die nicht auf dem Tisch stehen, aus eigener Tasche bezahlen. Heute nehme ich alles auf meinen Deckel. Ihr könnt trinken, was und wieviel ihr wollt.«

Das Schiff tobte.

»Na, wie fühlt man sich als Held?« fragte mich Schwarz, als er sich an unseren Tisch setzte. Er schob seinen Teller beiseite und bestellte beim Kellner, der hier vermutlich Steward hieß, einen doppelten Whisky. »Keine schlechte Rolle, wie?«

»Ich habe schon schlechtere gespielt«, gab ich zu.

»Und morgen wird's noch doller: Fotografen, Fernsehkameras, die überregionale Presse. Spätestens übermorgen kennen dreißig Prozent der erwachsenen Bevölkerung Ihren Namen.«

»Und zwei Wochen später haben sie ihn wieder vergessen.«

Schwarz grinste und zog ein silbenes Zigarrenetui aus der Jackentasche. »So ist das Leben. Bei dem einen oder anderen, der ein großes Problem hat, wird Ihr Name hängenbleiben. Darauf kommt's doch an.« Er klappte das Etui auf. »Eine Zigarre?«

Ich kaute an einer Lachsschnitte. »Nach dem Essen.«

Zwei bombastische, braune Stengel kamen zum Vorschein. Schwarz reichte mir einen. »Ich dachte, eine *Ashton Churchill* wäre heute angemessen.« Er spreizte den Mittel- und Zeigefinger der linken Hand. Churchills Markenzeichen: V wie Victory.

Der Politiker zündete seine *Churchill* an, kippte den doppelten Whisky und bestellte einen neuen. »Wie sieht die Lage aus, Till?« wandte er sich an seinen Referenten.

Geskamp schluckte hastig. »RTL und die Öffentlich-Rechtlichen drehen bei der Pressekonferenz. Pro Sieben möchte ein Background-Interview mit Wilsberg nach der PK. Die planen einen Beitrag für *Taff. Aus dem Leben eines Privatdetektivs* oder so. Der WDR überlegt noch, ob er euch beide in die *Aktuelle Stunde* einlädt.«

»Was heißt *überlegt*?« Schwarz runzelte die Stirn. »Soll ich den Fernsehdirektor anrufen?«

»Ich glaube, das klappt auch so. Die von der schreibenden Zunft erscheinen ziemlich komplett.« Geskamp zupfte einen Computerausdruck aus seiner Aktentasche und legte ihn neben meinen Teller. »Ich hab dir ein paar *essentials* für die PK aufgeschrieben, Georg. Präg sie dir gut ein! Wichtig ist: Keine Details und keine Namen. Wenn du gefragt wirst, bleib allgemein und antworte möglichst knapp! Die Sado-Maso-Spiele der Benningdorf dürfen nicht ausgewalzt werden, das bringt uns zu sehr in die Schmuddelecke. Erwähne auf keinen Fall die Namen Benningdorf oder Prückner! Sonst haben die morgen einen Haufen Reporter vor der Hütte und plaudern Sachen aus, die uns nicht in den Kram passen. Vergiß nicht: du bist der Held, aber Wolfgang ist der Star. Er redet, du nickst freundlich. Die *news*, die wir rüberbringen wollen, sind: Wolfgangs Weste ist weiß, seiner Berufung zu höheren Aufgaben steht nichts mehr im Wege. Das bringt uns im Wahlkreis noch mal ein paar Prozente. Schließlich wollen die Wähler auf der Seite des Siegers stehen. Allenfalls lassen wir anklingen, daß das Ganze möglicherweise ein Komplott der politischen Gegenseite war.«

»Wofür es keinen Beweis gibt«, sagte ich.

»Ja. Aber es kann nie schaden, dem Gegner in den Tee zu pissen.«

»So ist die Politik«, sagte Schwarz. Er kippte seinen zweiten doppelten Whisky und bestellte den dritten.

Geskamp zog die Augenbrauen skeptisch zusammen. »Wolfgang!«

»Sag's nicht, Till! Heute wird gefeiert.«

»Du mußt morgen früh fit sein.«

»Ich bin immer fit, wenn's darauf ankommt. Denk an unsere letzte Südamerika-Tournee! Da war ich praktisch achtundvierzig Stunden fit, weil ich in dem verdammten Flugzeug nicht schlafen konnte. Dieser Henker von Pilot ist in jedes verfluchte Luftloch geflogen, das über Südamerika zu finden war. Ich habe keine Stunde am Stück geschlafen – und wie war ich?«

»Du warst großartig«, sagte Geskamp.

»Eben«, knurrte Schwarz. »Politik ist die Kunst, auf Knopfdruck einen ausgeschlafenen Eindruck zu machen und den Leuten das zu erzählen, was sie hören wollen.« Er trank den dritten Whisky zur Hälfte, seine Augen wurden glasig.

»Wolfgang!« sagte Geskamp warnend.

»Halt die Klappe, Till! Wenigstens ein- oder zweimal im Jahr möchte ich die Wahrheit sagen. Herr Wilsberg wühlt ständig im Dreck, der ist nicht so leicht zu schokkieren, oder?« Er zeigte mir zwei Reihen generalüberholter Zähne.

»In Ihrem Buch definieren Sie Politik anders«, wich ich aus.

Schwarz lachte. »Hast du das gehört, Karin? Er hat mein Buch gelesen.«

Die Assistentin zuckte zusammen. Ihr Chef bedachte sie mit einem lüsternen Blick.

»Da sind Sie einer von höchstens fünfen. Dem Parteivorsitzenden habe ich auch ein Buch geschenkt. Wissen Sie, was er gesagt hat? ›Hast du die Stellen angestrichen, in denen ich vorkomme?‹ Politikerbücher werden eigentlich nur von Journalisten gelesen, die auf der Suche nach verwertbaren Sticheleien sind. Keiner glaubt, daß man sie selber schreibt. Sie haben nur einen einzigen Sinn und Zweck: Sein Ding auf den Tisch zu legen und zu beweisen, daß es größer ist als das der anderen.«

Schwarz war lauter geworden, an den Nachbartischen spitzten die Wahlhelfer die Ohren.

»Wolfgang«, sagte Geskamp leise, »man hört mit.«

»Sollen sie doch. Morgen backe ich wieder Sandkuchen, aber heute nicht, verdammt noch mal. Lesen Sie Zeitung, Herr Wilsberg?«

»Manchmal.«

»Jeder, der Zeitung liest, weiß, daß es in der Welt andere Probleme gibt als die, mit denen sich die Politiker öffentlich beschäftigen. In der Dritten Welt brechen die staatlichen Ordnungen reihenweise zusammen. Und mit Dritter Welt meine ich nicht nur Afrika. In Albanien hat es gerade mal vierzehn Tage gedauert, da war der Staat komplett von der Bühne verschwunden. Keine Polizei mehr, keine Armee, keine Behörden, nichts. Und ich könnte Ihnen eine ganze Latte von Ländern aufzählen, in denen Ähnliches passiert ist oder passieren wird: Somalia, Ruanda, Kongo, Afghanistan, Algerien, Kolumbien, Teile von Ex-Jugoslawien und Rußland, ehemalige sowjetische Staaten. Riesenstädte wie Kairo sind praktisch unregierbar. Stellen Sie sich einen Aufstand in Kairo vor! Niemand wäre in der Lage, ihn zu stoppen. Stellen Sie sich vor, in Ländern, die über Atomwaffen verfügen, wie Indien oder Pakistan, bräche die staatliche Ordnung zusammen! So unwahrscheinlich ist das ja nicht. Dann würden Atomwaffen in die Hände von Terrorgruppen geraten, die keine Bedenken hätten, sie einzusetzen, auch bei uns. Eine Situation, die absolut unbeherrschbar wäre.«

Schwarz lehnte sich zurück und setzte seine erloschene *Churchill* erneut in Brand. Er spuckte einen Tabakkrümel auf den Boden. »Das, verfluchte Scheiße, sind die Probleme, mit denen sich Regierungskommissionen hinter verschlossenen Türen beschäftigen, worüber sich Krisenstäbe bei der NATO den Kopf zerbrechen. Es gibt nicht viele Möglichkeiten, eine Lage zu steuern. Es gibt im Grunde nur zwei Möglichkeiten: Geschenke und Druck. In Demokratien versucht man, die Menschen durch Geschenke einzubinden, Sozialsysteme, Arbeitsbeschaffungsprogramme, all das. Hier ist, auch in den westlichen Ländern, eine Grenze erreicht, die Sozialsysteme sind nicht mehr aufrecht zu erhalten. Diktaturen reagieren in der Regel mit Druck, Überwachung der Bevölkerung durch Polizei, Geheimdienste und Spitzel. Aber auch das funktioniert nur bis zu einem gewissen Punkt, siehe DDR, Rumänien, Ägypten, Algerien. Und was kommt dann? Das totale Chaos.« Schwarz hob triumphierend seine Zigarre. »Ich prophezeie Ihnen für die nächsten Jahre eine Reihe von chaotischen Zusammenbrüchen, Millionen von Flüchtlingen werden über den Globus vagabundieren.« Er hielt inne und fuhr leiser fort: »Davon erzählen wir dem Wahlvolk kein einziges Wort. Wir reden von Aufschwung, Mehrbeschäftigung, davon, daß bald alle ein paar Mark mehr in der Tasche haben.«

Er lachte in sich hinein. »Ich auch. Ich spiele den Optimisten, weil es das ist, was die Leute hören wollen.«

»Und das ist ja auch, auf eine Art, die Wahrheit.« Geskamp hatte sich entschlossen, die Situation zu retten. »*Worst case*-Szenarios sind dazu da, auf das Schlimmste vorbereitet zu sein. Doch solange das Schreckliche nicht eintritt, wäre es verkehrt, die Menschen damit zu ängstigen. Im normalen politischen Alltag geht es darum, kleine Verbesserungen anzustreben. Und genau das versprechen wir im Wahlkampf.« Er schaute Schwarz eindringlich an. »Nicht wahr, Wolfgang?«

Der Ministerkandidat atmete schwer. Dann schüttelte er den Kopf, als würde er ihn unter kaltes Wasser halten, knipste sein Lächeln an und sagte: »Du hast vollkommen recht, Till.«

Irgendwo südlich von Bad Godesberg wendete der Dampfer. Rheinabwärts ging es erheblich schneller.

Ich schaute zu Karin Uphoff. Sie hielt den Kopf gesenkt, auf ihren Wangen glühten rote Flecken. Es sah so aus, als hätte sich ihr Idol gerade in eine Fledermaus verwandelt.

Als wir wieder festen Boden unter den Füßen hatten, schob mir Till Geskamp drei Tausendmarkscheine in die Jackentasche. »Das ist die Erfolgsprämie. Wenn alle Pressetermine erledigt sind, kriegst du noch mal zwei.«

Ich grinste. »Du meinst, wenn ich die Pressetermine zu deiner Zufriedenheit erledige.«

»Versteh mich nicht falsch! Wolfgang hat heute einfach zuviel getrunken. Das, was er gesagt hat, darfst du nicht für bare Münze nehmen.«

»Seine Ausführungen über das Ende der Zivilisation fand ich äußerst realistisch.«

»Ja, aber ...«

»Du möchtest nicht, daß sich seine Ansichten bei den Journalisten herumsprechen. Sei unbesorgt! Ich werde mein Wissen für mich behalten.«

Geskamp atmete auf. »Danke!« Er klopfte mir auf die Schulter. »Nicht, daß du das ganze Geld heute nacht verjubelst. Wir brauchen dich morgen früh in alter Frische.«

X

Praktischerweise fand die Pressekonferenz in dem selben Hotel statt, in dem ich übernachtet hatte. Es war ein sehr nobles und teures Hotel, die Bedienung der verschiedensten elektrischen Geräte und Lichtanlagen sowie des Whirlpools im Badezimmer ähnelte einem Intelligenztest, bei dem nur die Klügsten und Erfindungsreichsten eine Chance haben.

Der große Konferenzsaal bot einen prächtigen Ausblick auf die Rheinterrassen. An seiner Rückseite war ein kleines Podium improvisiert; hinter den drei Stühlen, auf denen Schwarz, Geskamp und ich Platz nahmen, hing in sechsfacher Ausfertigung das überdimensionale Konterfei von Wolfgang Schwarz mit der Aufschrift *Nicht locker lassen! Schwarz kommt*.

Ungefähr zwanzig schreibende Journalisten waren erschienen, dazu ein Dutzend Fotografen und vier Kamerateams, die uns in ihrem Scheinwerferlicht grillten.

Schwarz trug seine professionelle Gelassenheit und Souveränität zur Schau. Wenn ihm die gestrige Sauferei einen Kater eingebracht hatte, dann ließ er sich davon nichts anmerken. Auch die enorme Hitze konnte sein strahlendes Lächeln nicht ankratzen. In seinem hellgrauen Anzug und dem weißen Hemd, das mit einer leuchtendgelben, rotgepunkteten Krawatte dekoriert war, blieb er kühl wie ein Eisblock.

Geskamp hatte dagegen bereits dicke Schweißperlen auf der Stirn. »Hast du das *paper* gelesen?« raunte er mir zu.

»Ja«, sagte ich. Ich hatte nicht einmal einen Blick darauf geworfen.

Geskamp eröffnete die Pressekonferenz. Er stellte kurz den Anlaß dar und gab dann Schwarz das Wort.

Schwarz machte seine Sache geschickt. Er verzichtete darauf, sich selbst zum Opfer zu stilisieren, sondern spielte die Rolle des besorgten Vaters, dessen Sohn in eine Polizei- und Justizposse geraten war. Vor dem Hintergrund der harschen Kritik, mit der er die Arbeit der münsterschen Kriminalpolizei überzog, präsentierte er mich als edlen Retter.

»Ohne die Hilfe von Herrn Wilsberg«, rief er aus, »würde mein Sohn noch immer als gemeiner und gefährlicher Verbrecher gelten. Ein unglaublicher Skandal, wenn man bedenkt, daß Herr Wilsberg nur wenige Tage benötigt hat, um die Unschuld meines Sohnes zu beweisen, während der Polizeiapparat wochenlang damit beschäftigt war, jedes kleinste Indiz gegen ihn zu verwenden. Die Unschuldsvermutung, eine Grundfeste unseres Rechtssystems, ist von diesen Damen und Herren eklatant verletzt worden.«

Die Objektive der Fotografen richteten sich vorübergehend auf mich. Ich setzte ein Lächeln auf, das grimmig und zugleich entschlossen wirken sollte. Einer der Fotografen wedelte mit einer dunklen Sonnenbrille, die mir angeblich gut stehen würde, doch Geskamp winkte ab.

Nachdem das Blitzlichtgewitter abgeklungen war, ergriff Schwarz erneut das Wort. Er berichtete von einem Telefongespräch, das er am Morgen mit dem Parteivorsitzenden geführt habe. Der Parteivorsitzende habe ihm die ungebrochene Solidarität der Parteiführung versichert, er, Schwarz, gehöre nach wie vor zur ersten Mannschaft, die nach dem Wahlsonntag das Ruder in die Hand nehmen werde. Dann ließ der Bundestagsabgeordnete anklingen, daß es bestimmten politischen Kräften durchaus recht gewesen wäre, wenn ihn die Affäre zu Fall gebracht hätte.

»Auch in Ihrer eigenen Partei?« fragte ein Journalist.

Schwarz legte den Kopf schief und grinste. »Hüte mich vor meinen Freunden, mit meinen Feinden komme ich allein zurecht. Nein, in diesem Fall trifft der Satz wohl nicht zu.« Er nickte gravitätisch. »Ich habe viel Zuspruch aus meiner Partei erfahren. Daß meine Parteifreunde zu mir gestanden haben, hat mir in den, wie ich zugeben muß, schweren Tagen der Ungewißheit und Sorge die nötige innere Stärke verliehen.«

Ein anderer Journalist meldete sich. »Sie gelten als Ministerkandidat. Glauben Sie, daß die Sache eingefädelt wurde, um Ihren Aufstieg zu verhindern?«

Schwarz wurde ernst. Er habe keine Beweise, aber auszuschließen sei das nicht. Die Verrohung der politischen Sitten, die in vielen Ländern der Welt zu beobachten sei, schreite leider auch in Deutschland voran.

Nun wollten die Journalisten von mir wissen, wie ich den Fall aufgeklärt habe. Ich hielt mich an die Regieanweisung und sagte, daß ich keine Namen und Einzelheiten nenne könne, da die Ermittlungen noch nicht abgeschlossen seien. Außerdem müsse ich meine Zeugen schützen. Tatsache sei jedoch, daß die beiden Hauptbelastungszeugen ihre Beschuldigungen gegen Christian Schwarz zurückgenommen hätten.

»Erzählen Sie uns von der sexbesessenen Maso-Studentin aus Münster!« verlangte eine Journalistin.

Geskamp grunzte warnend.

»Da gibt es nicht viel zu erzählen«, antwortete ich. »Ich habe lediglich entdeckt, daß die Frau, die den Sohn des Abgeordneten angezeigt hat, eine Vorliebe für bestimmte Sexualpraktiken hat. Das hat mich auf die richtige Spur geführt.«

»Herr Wilsberg ist viel zu bescheiden«, schaltete sich Geskamp ein, der offensichtlich die lästige Fragerei beenden wollte. »Herr Wilsberg ist ein As auf seinem Gebiet. Sonst hätten wir ihn ja auch nicht engagiert. So, meine Damen und Herren, gibt es noch politische Fragen?«

Es gab keine, und Geskamp erklärte die Pressekonferenz für beendet.

Die Menge stob auseinander, der nächste Termin rief. Alles in allem hatte die Veranstaltung eine knappe halbe Stunde gedauert.

»Schade, daß wir nicht an den Schwarz-Sohn und die Sexfalle herankommen«, sagte die Reporterin, die für *Taff* arbeitete. »Aber wir können die Geschichte mit Archivmaterial aus dem Rotlichtmilieu aufmotzen. Das kommt immer gut. Hauptsache, Sie reden frei von der Leber, so richtig schön vulgär.«

»Ich fürchte, damit kann ich Ihnen nicht dienen«, sagte ich.

Wir standen auf der Hotelterrasse. Der Kameramann hatte vorgeschlagen, mich vor dem Hintergrund des fließenden Stroms aufzunehmen.

»Scheiße.« Sie schüttelte ihre wind- und wetterfeste Frisur, die bei jedem ihrer wuchtigen Schritte wippte. Die Frisur und das breitflächige Gesicht mit Stupsnase ließen sie aussehen wie eine amerikanische Sekretärin auf Europareise.

»Stellen Sie sich bloß nicht zickig an! Ich bin nicht nach Bonn gekommen, um politische Statements aufzunehmen. In unserem Magazin geht es um das pralle Leben: Sex, Gewalt, menschliche Tragödien. Der Assistent von Schwarz hat mir genau das versprochen. Glauben Sie, ich kann meinem Redaktionsleiter mit einem drögen Interview kommen? Also halten Sie sich gefälligst an die Abmachung!« Sie schaute mich kritisch an. »Haben Sie keinen Trenchcoat dabei?«

»Nein.«

»Wir müssen irgend etwas mit Ihrem Aussehen machen. Sie sehen viel zu harmlos aus. Wissen Sie, ich habe schon mit Privatdetektiven zu tun gehabt. Die meisten wirken aufregender, irgendwie animalisch, zusammengewachsene Augenbrauen, dichter Schnurrbart und so. Sie dagegen ...«

»Tut mir leid«, sagte ich.

»Ziehen Sie erst mal Ihr Jackett aus! Ich glaube, der Blouson von Micky könnte Ihnen passen.« Sie zeigte auf den Mann, der den Ton steuerte. Er trug einen weinroten Blouson.

Langsam wurde mir die Sache zu bunt. »Das werde ich nicht tun. Und entweder stellen Sie jetzt Ihre Fragen, oder das Interview ist beendet.«

»Wollen Sie ins Fernsehen oder nicht?« Ihre Frisur wippte bedrohlich. »Morgen früh sind Sie ein berühmter Mann. Und denken Sie an die PR für Ihre Firma.«

»Ich brauche keine PR, die auf meinen animalischen Qualitäten beruht. Ich pflege meine Fälle mit dem Kopf zu lösen.«

Sie lachte höhnisch. »Soll ich Ihnen was verraten? Ich bin auch nicht gerade Verona Feldbusch. Meinem Dativ habe ich immer dabei. Wenn Sie's genau wissen wollen: Ich habe einen Doktor in Paläoanthropologie gemacht. Nur für den Fall, daß Sie glauben, ich sei blöd.«

»Können wir endlich anfangen?« knurrte der Kameramann.

»Paläoanthropologie?« staunte ich anerkennend. »Dann würden Sie sich sicher gut mit meiner Assistentin verstehen. Die glaubt nämlich, daß wir Menschen nur eine etwas überkandidelte Affenart sind.«

Die Reporterin ignorierte ihre genervte Crew. »Zoologie hatte ich lediglich im Nebenfach. Doch ich unterschreibe gerne, daß beim Verhalten mancher Männer die Verwandtschaft mit den Großaffen durchscheint. Womit wir wieder bei unseren Zuschauern wären, die keine intellektuellen Diskussionen mögen.«

»Ich auch nicht«, murrte der Kameramann.

Mein Handy klingelte.

»Schalten Sie es ab!« rief die Reporterin. »Wir müssen jetzt anfangen.«

Ich beachtete sie nicht. Franka war in der Leitung: »Du, ich habe gerade einen Anruf von Gudrun Benningdorf bekommen. Sie klang ziemlich verstört.«

»Was wollte sie denn?« fragte ich.

»Irgend etwas ist mit Prückner geschehen, ich habe sie nicht genau verstanden. Bevor ich nachfragen konnte, hat sie aufgelegt. Es kam mir so vor, als fühlte sie sich verfolgt.«

Das Haschisch, schoß es mir durch den Kopf. Prückner hatte es vielleicht nur für jemanden aufbewahrt und Ärger bekommen.

»Ich habe ein komisches Gefühl bei der Sache, Georg.«

Ich sagte ihr, daß ich so schnell wie möglich nach Münster zurückkommen würde. Franka versprach, sich in der Zwischenzeit umzuhören.

Die Reporterin sah mürrisch aus. Der Kameramann und der Tonmann auch.

»Schalten Sie das Handy aus!« forderte mich die Reporterin auf. »Ich möchte nicht, daß es während der Aufnahme klingelt.«

»Wie war das jetzt? Soll ich blöde oder saublöde in die Kamera gucken?«

Sie stöhnte. »Verhalten Sie sich einfach ganz natürlich!«

»Gut. Dann bedanke ich mich für das Interview. Einen schönen Tag noch!«

Ich ging zum Hotel zurück.

Der Kameramann fluchte. Die Reporterin schrie empört: »He! Das können Sie nicht machen!«

Ich drehte mich um. »Kleben Sie sich einen buschigen Schnurrbart an und geben Sie sich Ihr verdammtes Interview selbst!«

»Was ist passiert?« fragte Till Geskamp, der uns aus einiger Entfernung beoachtet hatte.

»Ich laß mich doch nicht zum Idioten machen«, schnauzte ich. »Die Tussi will, daß ich einen animalischen Detektiv spiele.«

Geskamp war entsetzt. »Du kannst nicht einfach ein Interview verweigern, das ist gegen die Spielregeln.«

»Ich habe in unserem Interesse gehandelt«, beruhigte ich ihn. »Sie wollte voll auf die Perverse-Sex-Spiel-Schiene raus. Und Wolfgang wäre in dem Beitrag ohnehin nicht zu Wort gekommen.«

»Trotzdem. Wir dürfen *Pro Sieben* nicht verärgern. Der Sender ist wichtig für die jungen Wähler.«

»Du kriegst das schon wieder hin.« Ich tätschelte seine Schulter. »Ach, übrigens, Till, ich muß sofort nach Münster zurück. Da ist was angebrannt.«

»In unserem Fall?« fragte er mißtrauisch.

Ich überlegte, ob ich ihm die Wahrheit sagen sollte. Dann entschied ich mich dagegen. Davon, daß Prückners Haschisch noch in meinem Kühlschrank lagerte, wußte er nämlich nichts.

»Nein, in einem Fall, den Franka bearbeitet.«

»Das geht nicht, Georg. Du hast zusammen mit Wolfgang einen Auftritt in der *Aktuellen Stunde*.«

»Laß das Wolfgang alleine machen! Ich habe wirklich keine Zeit.«

»Denk an die restlichen zwei Tausender!« lockte Geskamp. »Wir müssen die Sau heute schlachten. Morgen läuft schon wieder eine andere durchs Dorf.«

Franka saß in meinem Wohnzimmer und guckte Fernsehen.

»Du bist heute in allen Nachrichtensendungen zu sehen. Am schlimmsten fand ich dich in der *Aktuellen Stunde*. Du solltest beim Reden nicht auf den Fußspitzen wippen.«

»Das Showbizz ist eben nicht meine Welt«, verteidigte ich mich.

Franka sah mich vorwurfsvoll an. »Ich finde, Gudrun Benningdorf hat das nicht verdient. Okay, sie hat gelogen. Aber ist das ein Grund, sie öffentlich an den Pranger zu stellen?«

»Wir haben ihren Namen nicht erwähnt. Außerdem hat sie nicht nur gelogen, sondern sie hat jemanden einer schweren Straftat bezichtigt. Und das verstößt gegen die Gesetze.«

Franka war immer noch nicht besänftigt. »Du hast versprochen, sofort nach Münster zurückzukommen.«

»Ich wollte ja. Doch die Fernsehauftritte gehören zu der Vereinbarung, die ich mit Schwarz und Geskamp geschlossen habe.« Ich machte mit den Fingerspitzen das international bekannte Zeichen für Geld. »Nicht zu vergessen, daß dabei auch kostenlose Werbung für unsere Firma abfällt.«

»Auf *die* Werbung kann ich verzichten«, motzte Franka. »Meinst du, ich möchte Fachfrau für abartige Sexpraktiken werden.«

Langsam ärgerte mich, daß ich nicht aus der Defensive herauskam. »Nun sag schon! Hast du bezüglich Prückner etwas herausgefunden?«

»Ja. Er ist tot.«

Ich mußte mich setzen. »Was?«

»Angeblich ein Unfall. Er ist von einem Auto in seiner Werkstatt zerquetscht worden.«

»Woher weißt du das?«

»Ich habe bei der Polizei angerufen und mich als Verwandte ausgegeben.«

Ich holte tief Luft. »Und was ist mit der Benningdorf? Hat sie noch mal angerufen?«

»Vor einer Stunde. Sie klang erheblich ruhiger und gefaßter als bei ihrem ersten Anruf. Ihrer Meinung nach war es kein Unfall. Sie glaubt, daß Prückner ermordet worden ist. Und jetzt seien die Leute, die das getan hätten, hinter ihr her.«

»Aber wieso?«

»Das hat sie nicht gesagt. Eines ist jedoch klar: Sie hat Angst. Nach ihrem ersten Anruf bin ich zum Studentenwohnheim gefahren. Gudrun war nicht da, dafür hat mir eine Nachbarin erzählt, daß sie gesehen habe, wie Gudrun mit einer Reisetasche das Haus verlassen hat. Anscheinend ist sie auf der Flucht.«

Und das alles wegen eines Beutels Haschisch, das einen Wiederverkaufswert von vielleicht fünfhundert Mark hatte?

Ich erzählte Franka von meiner ersten Idee. »Inzwischen glaube ich nicht mehr, daß es da einen Zusammenhang gibt. Wegen läppischer fünfhundert Mark bringt man niemanden um. Und vor allem – warum sollten diejenigen, die Prückner auf dem Gewissen haben, wenn es denn ein Mord war, Gudrun Benningdorf verfolgen?«

»Ich habe ein ungutes Gefühl, Georg. Als ob etwas ganz anderes dahinterstecken würde.«

»Und was? Wieso ruft die Benningdorf ausgerechnet dich an? Schließlich haben wir sie überführt. In ihren Augen gehören wir zur Gegenseite.«

»Sie hat Vertrauen zu mir«, beharrte Franka. »Bei unserem ersten Gespräch haben wir uns gut verstanden. Gerade weil wir sie in diese Situation gebracht haben, ist es unsere Pflicht, ihr zu helfen.«

»Das ist Quatsch.« Ich schüttelte den Kopf. »Die Frau ist ein bißchen überdreht. Kein Wunder bei den Schwierigkeiten, in denen sie steckt. In ihrer Lage würde ich mir vielleicht auch einbilden, daß ich verfolgt werde.«

Franka kaute wütend an einem blaulackierten Fingernagel.

»Ich war in Prückners Werkstatt. Das ist eine Bruchbude. Da kann leicht mal ein Unfall passieren.«

Franka spuckte ein Stück Fingernagel auf den Teppich.

»Ich sage dir, was ich mache: Ich rufe Stürzenbecher an. Und wenn nur der leiseste Zweifel an der Unfalltheorie besteht, nehmen wir uns der Sache an, okay?«

Franka würdigte mich keines Blickes.

Stürzenbecher war noch im Büro. »Überstunden, was denn sonst«, knurrte er. »Wenn ich meine ganzen Überstunden abfeiern würde, könnte ich jetzt schon in Pension gehen. Herzlichen Glückwunsch, übrigens. Dein Erfolg hat sich im Präsidium herumgesprochen. Die Lassmann-Noeten ist seitdem ungenießbar. Sie kaut schwer an ihrer Niederlage.«

Ich brachte mein Anliegen vor.

»Ja, die Prückner-Sache ist routinemäßig auf meinem Schreibtisch gelandet. Wegen der Verbindung zum Fall Benningdorf bin ich hellhörig geworden. Aber es ist nichts dran. Die Spurensicherung sagt, daß es keine Anzeichen für Fremdeinwirkung gibt. Ein Wagenheber ist umgekippt, und ein paar hundert Kilo haben Prückner gegen die Wand gedrückt. Ein Scheiß-Tod, wenn du mich fragst. Prückners Mitbewohner haben ausgesagt, daß niemand sonst auf dem Hof war.«

Ich teilte Franka mit, was ich erfahren hatte. »Siehst du! Mord und Verfolgung sind ein Produkt von Gudrun Benningdorfs überspannter Phantasie.«

»Du nimmst mich nicht ernst«, fauchte Franka. »Ich *weiß*, daß sie verfolgt wird.«

Ich verdrehte die Augen. »Dann soll sie doch zur Polizei gehen. Die ist dafür zuständig, ihr zu helfen.«

»Zur Polizei? Die glauben ihr doch kein Wort mehr.«

»Eben.«

Franka stand auf. »Ich reiß mir für dich den Arsch auf, Georg. Und ich erwarte, daß wir uns um Gudrun Benningdorf kümmern. Andernfalls kündige ich auf der Stelle.«

»Na schön«, lenkte ich ein. »Das ist ein Argument. Falls etwas faul ist, werden wir es auf den Tisch bringen. Gleich morgen früh fange ich damit an. Heute bin ich zu erledigt.«

XI

Versprochen war versprochen. Ich hatte den Fall relativ schnell gelöst und dabei gutes Geld verdient. Also konnte ich es mir leisten, einen Tag dranzuhängen, um Frankas Zweifel zu zerstreuen. Vielleicht auch meine eigenen.

Während ich an der dritten Vollkornfrühstücksschnitte kaute, überlegte ich, womit ich anfangen sollte. Wer oder was hatte mich auf die entscheidende Spur gebracht? Linda Terhaar mit ihrem Hinweis auf Ibrahim Garcia. Sie hatte mir den Namen ihrer Freundin, deren Tochter angeblich mit Ibrahim Garcia liiert war, verschwiegen. Je länger ich darüber nachdachte, desto mehr kam ich zu dem Entschluß, daß ich noch einmal mit Linda sprechen mußte. Es würde ihr wahrscheinlich nicht gefallen, aber schließlich waren wir keine Teenager mehr, sondern erwachsene Menschen, die zwischen Gefühl und Geschäft unterscheiden konnten.

Ich stellte meine Frühstückssachen in den Kühlschrank zurück, verstaute das dreckige Geschirr auf der Spüle neben dem dreckigen Geschirr der letzten Tage und ging ins Büro, um Lindas Nummer im Telefonbuch nachzuschlagen. Da kam mir eine zweite, noch bessere Idee: Warum nicht mit Ibrahim Garcia beginnen? Möglicherweise hatte er eine Ahnung, wo sich Gudrun Benningdorf aufhielt.

Zehn Minuten später stand ich vor dem Haus in der Coerdestraße und schellte bei W. Ubrich. Der Türöffner summte, und ich stieg die Treppe hinauf. Aber nicht Ibrahim Garcia, sondern eine junge Frau erwartete mich.

Sie trug eine dunkelgraue Jeans, einen hellgrauen Pullover und eine Hornbrille. In Münster ließ das nur einen Schluß zu: Es handelte sich um eine Studentin.

»Guten Tag«, sagte ich. »Ich möchte mit Ibrahim Garcia reden. Ist er da?«

Die durch die Brille leicht vergrößerten Augen guckten verständnislos. »Wer?«

»Ibrahim Garcia. Ich habe vor drei Tagen mit ihm gesprochen. In dieser Wohnung.« Ich zeigte auf die Räumlichkeiten hinter ihrem Rücken.

»In meiner Wohnung?« Ihr weiches Kinn zuckte. »Wollen Sie mich hochnehmen? Ist das irgendein Trick?«

Ich schaute mich um. Hatte ich mich im Stockwerk geirrt? »Sie sind W. Ubrich?«

»Mein Name ist Ubrich, ja.«

»Und Sie wohnen allein?«

»Richtig.«

»Ich bin sicher, daß ich Ibrahim Garcia hier getroffen habe. Waren Sie vor drei Tagen in Münster?«

»Nein, ich habe eine Reise gemacht. Ich bin erst gestern zurückgekommen.«

»Besitzt außer Ihnen noch jemand einen Schlüssel zu dieser Wohnung?«

Eine spitze Zunge erschien in ihrem geöffneten Mund. »Es gefällt mir nicht, wie Sie mich ausfragen. Ich glaube, wir beenden jetzt besser das Gespräch.«

»Entschuldigen Sie!« Ich zog eine Karte aus der Tasche. »Ich bin Privatdetektiv. Herr Garcia ist ein wichtiger Zeuge in einem Fall, den ich bearbeite. Ich muß ihn finden.«

Sie las die Karte gründlich. »Wilsberg? Stand nicht heute was über Sie in der Zeitung?«

»Genau«, strahlte ich sie an.

»Tut mir leid«, sagte sie kühl. »Ich kenne keinen Ibrahim Garcia.«

Ich beschrieb den Mann, den ich in ihrer Wohnung angetroffen hatte.

Sie sagte, daß es niemanden in ihrem Bekanntenkreis gäbe, auf den die Beschreibung zuträfe.

Ich machte einen letzten Versuch: »Ist Ihnen nichts aufgefallen, als Sie von der Reise zurückkamen? Daß jemand am Türschloß manipuliert hat, oder daß in der Wohnung etwas verändert worden ist?«

Sie dachte nach und wurde bleich. »Ja. Tatsächlich. Ich dachte, das wäre Oliver gewesen. Oliver wohnt oben. Er gießt meine Blumen, wenn ich weg bin.«

Ich kletterte noch ein Stockwerk höher und schellte bei Oliver. Oliver hatte einen frischen Eigelbfleck auf dem verwaschenen Sweatshirt. Über seine Schulter sah ich den größten Teil eines gedeckten Frühstückstisches und eine mehr oder weniger bekleidete Frau. Vermutlich war Oliver ein Student der Geisteswissenschaften. Geisteswissenschaftler bevorzugten späte Frühstücke und Seminare am frühen Nachmittag.

Oliver bestritt, Ibrahim Garcia zu kennen. Er bestritt auch, den Schlüssel zu Ubrichs Wohnung jemandem ausgehändigt zu haben. Ich glaubte ihm kein Wort, doch das ließ Oliver kalt.

Manchmal vermißte ich Koslowski. Die Art, wie Koslowski mit seinen Fingern geknackt hatte, war unnachahmlich. Sie hatte viele Menschen dazu gebracht, ihre tiefsten Geheimnisse auszuplaudern.

Ich rief Linda an und sagte ihr, daß ich sie sehen müsse.

Ihre Begeisterung hielt sich in Grenzen. »Heute ist es ungünstig. Ich habe viel zu tun, und am Abend gehe ich mit meinem Mann auf einen Empfang.« Sie war immer noch verletzt.

»Es ist wichtig, Linda, sonst würde ich dich nicht bitten.«

Sie schwieg.

»Kannst du nicht zehn Minuten erübrigen, auf neutralem Terrain irgendwo in der Stadt?«

Im Hintergrund meldete sich eine fordernde Männerstimme.

Linda sagte schnell: »Wie du meinst, Gisela. Also um dreizehn Uhr im Domcafé.«

Gisela. So hatte mich noch niemand genannt.

Der Domplatz, mitten im Herzen der Stadt gelegen, hätte eigentlich der schönste Platz Münsters sein können. Wäre er nicht auf drei Seiten von tristen Bank- und Verwaltungsgebäuden umstellt gewesen. Abgesehen vom Wochenmarkt, der traditionell auf dem Domplatz stattfand, pulsierte das Leben anderswo.

Erst in jüngster Zeit hatte sich daran etwas geändert. Eine erste gastronomische Speerspitze bohrte sich in die Phalanx der Bürokratenkäfige: das Domcafé, ein Straßencafé im französischen Stil, mit Kellnern und Kellnerinnen in langen weißen Schürzen.

Ich hatte einen Tisch im Inneren gewählt, wo wir weniger exponiert und den Blicken der Öffentlichkeit ausgesetzt waren. Als Linda hereinkam, musterte sie das herumsitzende Publikum. Sie wirkte nervös und angespannt. Entsprechend frostig fiel die Begrüßung aus.

»Mein Glückwunsch. Du warst gestern auf allen Kanälen zu sehen.«

»Dank deiner Hilfe.«

»Du übertreibst.«

»Du hast mir den entscheidenden Hinweis gegeben. Ibrahim Garcia.«

Linda zuckte mit den Schultern. »Es freut mich, daß du Erfolg hattest. Auch wegen Christian Schwarz. Der Junge hätte es nicht verdient, im Gefängnis zu landen.«

Linda bestellte, ich schlürfte meinen Milchkaffee.

»Jetzt, wo alles vorbei ist, kannst du mir doch verraten, wie die Freundin heißt, die dir von Garcia erzählt hat.«

Sie rümpfte die Nase. »Das ist nicht fair, Georg. Hast du mich deswegen herbestellt? Ich habe meiner Freundin versprochen, daß sie anonym bleibt. Und daran werde ich mich halten.«

Ich erwähnte, daß sich Ibrahim Garcia in Luft aufgelöst hatte.

»Na und?«

»Sieh mal, mir ist da ein schrecklicher Verdacht gekommen, Linda. Am Sonntag abend hast du mir Ibrahim Garcia als Zeugen präsentiert. Am Montag morgen war er in der besagten Wohnung. Wie für mich arrangiert.«

Ihr Gesicht wurde hart. »Was willst du damit sagen?«

»Daß sich jemand viel Mühe gegeben hat, meinen Jagdinstinkt zu wecken. Jemand, der wußte, daß Gudrun Benningdorf gelogen hat.«

Sie lächelte bitter. »Du spinnst.«

»Mag sein. Ist auch möglich, daß Sebastian Prückner, Gudrun Benningdorfs Freund und Kronzeuge, tatsächlich durch einen Unfall gestorben ist. Mag sein, daß sich Gudrun Benningdorf nur einbildet, verfolgt zu werden.«

Linda schnaufte empört. »Ich habe keine Ahnung, wovon du redest.«

Die Kellnerin brachte Lindas Mineralwasser. Vor nicht einmal sieben Tagen hatten wir stürmisch geflirtet. Es kam mir vor, als seien es Jahre.

»Wer hat dir gesagt, daß du mir die Geschichte von Ibrahim Garcia auftischen sollst?«

»Niemand.«

»Ich lasse die Sache nicht auf sich beruhen. Zwing mich nicht, dir zu drohen.«

Ihre Hände zitterten. »Womit willst du mir drohen?«

»Dein Mann wäre nicht erfreut, von unserer Liebesnacht zu hören.«

»Sag's ihm!« Dunkelblaue Augen waren kalt wie Eiskristalle. »Wir sind fast zwanzig Jahre verheiratet. Glaubst du, mein Mann hat keine Affären? Wir lassen uns unsere Freiheiten – und achten auf Diskretion. Es gäbe eine harte Diskussion, und ich hätte ein paar unangenehme Tage. Das wäre alles.«

»Na schön. Dann gibt es noch die Möglichkeit, daß ich zur Polizei gehe. Die Hauptkommissarin Lassmann-Noeten ist ohnehin nicht begeistert von der Entwicklung, die der Fall genommen hat. Sie würde von dir wissen wollen, was es mit diesem Ibrahim Garcia auf sich hat. Das wäre unangenehm für dich *und* für deinen Mann.«

»Und für Wolfgang Schwarz«, sagte Linda.

»Ja.«

»Dein Auftraggeber.«

»Das nehme ich auf mich.«

Linda schaute zur Seite. Hinter den großen Glasfenstern erhob sich in voller Breite und erhabener Schönheit der Paulus-Dom.

»Till Geskamp hat mir von Ibrahim Garcia erzählt.«

Mein Puls raste, mein Mund war trocken. »Warum hat er es *dir* erzählt und nicht *mir*?«

»Mein Gott, begreifst du das nicht? *Du* solltest es herausfinden, du solltest die Benningdorf überführen. Wolfgang und Till wollten deinen Erfolg als Event inszenieren, wie es ja auch geschehen ist. Natürlich hätte Till mit Garcia zur Polizei marschieren können. Aber dann wäre die ganze Sache nur halb so medienwirksam gewesen.«

»Wann hat er dich auf mich angesetzt? Vor oder nach der Party?«

Sie wand sich. »Vorher. Aber denk nicht ...«

Ich kam mir vor wie ein Idiot. »Was? Daß die ganze Geschichte abgekartet ist? Daß du der Lockvogel warst, auf den ich hereingefallen bin? Eine kleine Affäre, um Vertrauen aufzubauen, damit ich später nicht lange nachfrage, wenn du mir die heiße Information rüberreichst. Vermutlich ist sogar dein Mann eingeweiht, schließlich sitzt er im Parteivorstand, und wenn Schwarz Minister wird, hat er gute Chancen, die Karriereleiter hinaufzufallen. Da nimmt man schon mal in Kauf, daß die eigene Frau mit einem miesen, kleinen Privatdetektiv ins Bett geht. Warum hast du dich an diese Arschlöcher verkauft, Linda?«

Sie stammelte: »So war es nicht. Ich meine, am Anfang vielleicht schon. Ich habe es als Abenteuer angesehen. Aber dann mochte ich dich wirklich gern. Ich habe mich, ob du's glaubst oder nicht, ein bißchen in dich verliebt. Daß ich mit dir geschlafen habe, war ganz allein meine Entscheidung.«

Ich zitterte am ganzen Körper.

Wieder fuhr ich mit dem Zug nach Bonn. Diesmal weit weniger entspannt als beim letzten Mal.

Es war nicht einfach gewesen, Till Geskamp ans Telefon zu bekommen. Er saß in irgendeiner Kommission, die bereits die Posten verschacherte, die seine Partei erst noch erringen wollte. Ich mußte eine Sekretärin anbrüllen und ihr den Verlust ihres Arbeitsplatzes androhen, bevor sie mich durchstellte.

Geskamp wollte mich abwimmeln. Aber damit kam er bei mir nicht durch. Ich wußte genug, um ihn unter Druck zu setzen.

»Jetzt tu bloß nichts Unüberlegtes!« beschwor er mich. Ich hörte, daß in seinem Kopf ein Geläut von Alarmglokken einsetzte.

Er schlug vor, daß wir uns im *Japanischen Garten* in der Rheinaue treffen sollten, seine Kommission tage ganz in der Nähe. Ich sagte, mir sei jeder Ort recht, solange er unbewaffnet käme.

Er zwang sich, über meinen Scherz zu lachen.

Die Rheinaue schloß sich rheinaufwärts an das Regierungsviertel an. Nachdem der Sommer endlich vorbei war, brannte die Sonne richtig heiß vom Himmel. Am Rheinufer und auf den angrenzenden Wiesen saßen und lagen ungestreßte Menschen, nicht einmal ein rennender Joschka Fischer störte die Idylle.

Ich kam an einer Gartenwirtschaft vorbei, die auf weinbewachsenen Hügeln stand, und fand den *Japanischen Garten*. Er war nicht mehr als ein hinterhofgroßes, bambusumzäuntes Rechteck, dessen Fläche zum größten Teil von einem künstlichen Wasserfall und einem Goldfischteich eingenommen wurde. Die Bäume und Sträucher ringsum sahen sehr japanisch aus, ebenso wie die steinerne, knapp vier Meter hohe Säule, die den Teich überragte.

Till Geskamp stand in einem kleinen Holzpavillon. Er trug einen eleganten dreiteiligen Anzug und eine Designer-Brille. Die Macht und ihre diskrete Garderobe.

»Lieber trage ich meine alte Jeans und einen Pullover«, sagte Geskamp. »Aber manchmal muß ich mich in Schale werfen.«

»Als zukünftiger Ministerialdirektor, mit Dienstwagen und Chauffeur.«

Er drehte nervös an seinem Ehering. »Ich habe mit Linda Terhaar telefoniert.«

Ich wartete.

»Ich verstehe, daß du sauer bist. Es war nicht fair von uns. Wir hätten dich einweihen sollen.« Seine Stimme troff vor Schuldbewußtsein.

»Und warum habt ihr es nicht getan?«

»So, wie es gelaufen ist, war es doch hyperoptimal. Versteh mich nicht falsch, Georg! Ich kenne deine schauspielerischen Fähigkeiten nicht. Wenn du die ganze Wahrheit gewußt hättest, wärst du wahrscheinlich nicht so überzeugend gewesen.«

»Ihr habt mich als billigen Mediengag benutzt.«

»So darfst du das nicht sehen. Okay, vielleicht hätten sich die Vorwürfe gegen Christian auch ohne deine Mitwirkung in Luft aufgelöst. Aber sicher konnten wir nicht sein. Du hast Entscheidendes zur Aufklärung beigetragen. Es war dein Erfolg, Georg, und das, was wir der Öffentlichkeit präsentiert haben, höchstens eine halbe Lüge.« Er schaute mich treuherzig an. »Außerdem sind zehn Riesen kein schlechtes Schmerzensgeld, oder?«

Da hatte er ausnahmsweise recht.

»Dann erzähl mir zur Abwechslung mal die Wahrheit!«

»Garcia ist zu uns gekommen. Er hatte von den Vorwürfen gegen Christian gelesen und wollte ihm helfen. Wolfgang und ich haben überlegt, ob wir aus der Sache etwas herausholen können. So kurz vor der Wahl muß man einfach jede Chance nutzen. Ich bin dann auf die Idee gekommen, den Umweg über einen Privatdetektiv zu nehmen. Privatdetektive kommen in den Medien immer gut, denk nur an die Barschel-Geschichte. Und da ich dich von früher kannte ...«

»Garcia hat also keine Probleme mit seiner Aufenthaltsgenehmigung?«

»Nein, das war ein zusätzlicher Knochen, den wir dir hingeworfen haben, damit du nicht an ihm kleben bleibst. Wenn du keinen Erfolg gehabt hättest, wäre uns nichts anderes übrig geblieben, als die Notbremse zu ziehen und mit Garcia zur Polizei zu gehen. Den Rest kannst du dir denken.« Er senkte den Blick. »Linda war bereit mitzuspielen, und von einem Mitglied in unserem münsterschen Wahlkampfteam wußten wir, daß die Wohnung in der Coerdestraße zufällig leerstand.«

»Oliver«, sagte ich.

»Du kennst Oliver?«

»Ich habe heute morgen ein paar Worte mit ihm gewechselt.«

Geskamp zuckte mit den Schultern. »Das ist die ganze Wahrheit. Schlag mich, Georg! Aber nimm's Linda nicht so krumm! Sie ist eine gute Seele. Sie sollte dich nur in Stimmung bringen und hat etwas übertrieben.«

»Stimmt«, sagte ich. »Sie hat sich mächtig ins Zeug gelegt.«

»Entschuldige, Georg!« Geskamp guckte auf seine Armbanduhr. »Ich muß zurück in die Kommission.«

»Das ist noch was.« Ich ließ ihn schmoren.

»Was denn, Georg?«

»Wieso hatte Sebastian Prückner einen Unfall?«

»Einen Unfall? Ich weiß nicht, wovon du redest.«

»Komisch, das sagen heute alle. Prückner ist tot. Gudrun Benningdorf glaubt, daß es Mord war. Und sie hat Angst, daß ihr das gleiche Schicksal droht.«

»Hast du Kontakt zu ihr?« fragte Geskamp lauernd.

Ich schaute ihn ausdruckslos an.

»Du denkst doch nicht, daß *wir* ...« Er wirkte ernsthaft empört. »Das ist eine Beleidigung, Georg. Traust du mir wirklich zu, an einem Verbrechen beteiligt zu sein?«

»Ich traue dir alles zu, Till. Und falls es so ist, werde ich es herausfinden.«

Ich ließ ihn stehen.

XII

Franka und ich hielten unseren Krisengipfel in einem vegetarischen Restaurant ab. Eigentlich war mir mehr nach einem Stück totem Tier zumute, doch auf Aasfraß mußte ich in Frankas Gegenwart verzichten. Noch vor wenigen Wochen hätte sie mich nicht einmal in dieses Restaurant begleitet, denn auch hier wurden Milchprodukte für die Zubereitung verwendet. Aber zum Glück war sie ja vom strengen Veganertum zum gemäßigten Vegetarismus konvertiert.

»Ich glaube immer noch, daß etwas anderes dahinter steckt«, sagte Franka. »Gudrun ist nicht wieder aufgetaucht. Ich war heute schon zweimal im Studentenwohnheim.«

»Und sie hat sich nicht bei dir gemeldet?«

»Nein. Dafür habe ich ihre Eltern ausfindig gemacht. Aber die haben seit Monaten nichts mehr von ihr gehört. Anscheinend ist das Verhältnis zwischen Eltern und Tochter nicht das beste. Die Mutter war so was von eiskalt, als ich mit ihr telefoniert habe. Wenn ich eine solche Mutter hätte, würde ich mich bestimmt nicht zu Hause verstecken.«

Ich stocherte lustlos in meinem Broccoli-Auflauf. »Mir ist völlig schleierhaft, vor wem oder was sich Gudrun verstecken sollte.«

»Dein Freund hat dich schon mal belogen. Warum bist du so überzeugt, daß er diesmal die Wahrheit sagt?«

»Till Geskamp ist nicht mein Freund, nur ein alter Bekannter«, widersprach ich.

Franka beugte sich vor. Das Jagdfieber hatte sie gepackt. »Erinnerst du dich, wie schnell Gudrun bereit war, mit uns zur Polizei zu gehen? So, als ob sie nur darauf gewartet hätte, daß wir kommen.«

»Möglich.«

»Warum sollten Schwarz und Geskamp darauf vertrauen, daß du rechtzeitig vor der Wahl Erfolg haben würdest?«

»Sie hatten Ibrahim Garcia in der Hinterhand.«

»Schon. Aber so wie ich Geskamp einschätze, geht er lieber auf Nummer Sicher. Ich glaube, daß sie mit Gudrun eine Abmachung getroffen haben. Vielleicht haben sie ihr sogar Geld gezahlt.«

»Auch möglich. Aber das erklärt noch weniger ...«

»Mensch, Georg«, unterbrach mich Franka. »Wenn diese Abmachung publik würde, wäre das ein schwerer Schlag für Schwarz. Alle Welt würde glauben, er hat Gudrun bestochen, damit sie die Anschuldigungen gegen Christian zurücknimmt. Und dann ist Prückner auf einmal tot. Da muß sie doch Angst kriegen.«

»Weißt du, was du da sagst?« Ich schaute mich um, ob an den Nachbartischen jemand mithörte. »Du stellst die These auf, daß Schwarz und Geskamp einen Killer engagiert haben, der Prückner und Gudrun Benningdorf beseitigen soll.«

Franka nickte heftig. Ihre Wangen glühten.

»Das ist absurd.«

»Und wie nennst du das, was sie mit dir gemacht haben?«

Plötzlich fiel mir etwas ein. Zuerst wollte ich die Idee wieder im Gedächtnis verschwinden lassen, weil sie mir zu unwahrscheinlich vorkam, doch je länger ich darüber nachdachte, desto schwankender wurde ich.

»Ist was?« fragte Franka.

Ich teilte ihr meinen Gedanken mit.

Sie zappelte. »Wir brauchen mehr Infos. Wer weiß was darüber?«

»In meiner Wohnung liegen noch die Zeitungen der letzten Wochen. Wir könnten mit den Zeitungsberichten anfangen.«

»Dann laß uns sofort hinfahren.«

Ihr Teller war noch zur Hälfte gefüllt.

»Was ist mit deiner gebratenen Sellerie?«

»Scheiß drauf!«

Ich betrachtete die Reste meines Broccoli-Auflaufs. Tja.

Die Zeitungen lagen ordentlich gestapelt in einer Ecke. Seit einiger Zeit hatte ich sie in die blaue Papiertonne werfen wollen. Zum Glück war immer etwas dazwischengekommen.

Drei Wochen, hatte Stürzenbecher gesagt.

Wir fanden Katarina P. problemlos. Die Lokalzeitung widmete ihr einen Artikel mit Foto auf der Titelseite. Ein Spaziergänger hatte ihre Leiche im Wald entdeckt, nicht weit von dem Rundweg entfernt, der um den Steiner See führte. Nach den bisherigen polizeilichen Erkenntnissen war sie in der Nacht zuvor ermordet worden, und niemand hatte sie bis zur Auffindung der Leiche vermißt. Einzelheiten zum Tathergang wurden nicht genannt, statt dessen der übliche Aufruf an Augenzeugen, sich bei der Polizei zu melden.

Ich betrachtete das grobkörnig vergrößerte Paßfoto. Zweifellos war Katarina P. eine schöne Frau gewesen, zweiundzwanzig Jahre alt, Studentin, mit langen dunklen Haaren.

Am nächsten Tag stand ein Bericht auf Seite drei. Der Leiter der Mordkommission, Hauptkommissar Klaus Stürzenbecher, hatte eine Pressekonferenz gegeben. Bei der Polizei waren zahlreiche Hinweise eingegangen, aber es gab noch keine heiße Spur. Katarina P., sagte Stürzenbecher, habe allein gewohnt. Weder ihre Nachbarn noch ihre bislang befragten Freunde wüßten, wo und mit wem sie den Abend vor ihrem Tod verbracht habe. Stürzenbecher gab eine genaue Personenbeschreibung, einschließlich der Kleidung, die das Opfer getragen hatte, verbunden mit der neuerlichen Bitte, daß alle, die Katarina P. an dem besagten Abend gesehen hätten, sich an die Mordkommission oder eine Polizeidienststelle wenden mögen. Zur Todesursache äußerte sich Stürzenbecher zurückhaltend. Der vorläufige Untersuchungsbericht stelle fest, daß Katarina P. erdrosselt worden sei. Außerdem sei davon auszugehen, daß Tatort und Fundort der Leiche nicht übereinstimmten.

Mit anderen Worten: Der Mörder hatte Katarina P. im Wald abgeladen.

Mir gegenüber hatte Stürzenbecher erwähnt, daß es Parallelen zum Fall Benningdorf gab. Die Ermordete sei ebenfalls gefesselt und vergewaltigt worden. Davon stand in den Zeitungsberichten nichts. Wohl um falsche Geständnisse auszuschließen.

In den nächsten Tagen rutschte der Mordfall Katarina P. im Lokalteil immer weiter nach hinten. Ihr Fahrrad wurde gefunden, und dann ihre lederne Umhängetasche. Es gab widersprüchliche Aussagen über einen blauen Volkswagen, den einige abendliche Spaziergänger in der Nähe des Steiner Sees gesehen haben wollten. Die Mordkommission kam keinen entscheidenden Schritt weiter.

Dann verschwand Katarina P. aus den Zeitungsspalten. Die Öffentlichkeit hatte sie vergessen. Die Mordkommission würde den Fall nicht so schnell abschließen. Die Akten blieben monate-, manchmal sogar jahrelang geöffnet. Bis der Zufall zu Hilfe kam. Oder auch nicht.

Franka war enttäuscht. »Und was nützt uns das?«

»Nichts. Wenn wir wenigstens Katarinas Nachnamen wüßten.«

»Was machen wir jetzt?«

»Was ich immer in einem solchen Fall mache: Stürzenbecher anrufen.«

Stürzenbecher grunzte: »Du hast wirklich eine Begabung, zum ungünstigsten Zeitpunkt anzurufen. Kaum glaube ich, daß ich mal eine halbe Stunde Ruhe habe – wer klingelt da? Georg Wilsberg. Was willst du jetzt schon wieder?«

»Du hast mir neulich von dieser ermordeten Studentin erzählt.«

»Und?«

»Wie hieß sie mit vollständigem Namen?«

»Warum willst du das wissen?« Mißtrauisch.

»Wegen der Parallelen zum Fall Benningdorf. Zitat Stürzenbecher.«

»Ich denke, der Fall Benningdorf ist erledigt. Oder wie darf ich den Auftritt von Schwarz und dir vor der versammelten Weltpresse verstehen?«

»Trotzdem. Ich will nur eine Kleinigkeit überprüfen.«

Er dachte nach.

»Komm schon!« bettelte ich. »Es ist auch ein Essen beim Italiener drin.«

»Hast anständig bei Schwarz abkassiert, was? Plistor. Sie hieß Katarina Plistor. Katarina ohne H.«

»Und ihre Eltern wohnen in Münster?«

»Fall bloß nicht den Eltern auf den Wecker! Die sind völlig fertig. Katarina war ihr einziges Kind.«

»Du weißt, wie sensibel ich sein kann.«

»Oh ja. Das erlebe ich täglich am eigenen Leib.«

Ich wartete.

»Sie wohnen auf der Insel.«

»Welche Insel?« fragte ich erstaunt.

Stürzenbecher lachte. »Es gibt nur eine bewohnte Insel in Münster. Die Kanalinsel in Hiltrup. Und wenn du etwas herausfindest ...«

»... erfährst du es als erster. Übrigens, wieso brauchst du eine halbe Stunde, um auf Touren zu kommen?«

Er fluchte und legte auf.

Franka hatte mitgehört und war schon unterwegs, um den Stadtplan zu holen.

Wir breiteten ihn auf dem Tisch aus. Südlich von Hiltrup gabelte sich der Dortmund-Ems-Kanal in eine I. und eine II. Fahrt. Mitten durch die künstliche *Insel* floß der Emmerbach. Und es gab tatsächlich ein paar Häuser.

Ich zeigte auf den Steiner See. »Die Leiche lag nur ein paar hundert Meter vom Elternhaus entfernt. Der Mörder scheint einen Sinn für makabren Humor zu haben.« Ich schaute auf die Uhr. Kurz vor zehn. »Ein bißchen spät für einen Besuch. Andererseits ...«

»Ich komme mit«, sagte Franka.

»Das geht nicht.«

Sie stemmte die Fäuste in die Hüften. »Warum nicht?«

»Ich möchte die Eltern nicht verschrecken. Sie sind gramgebeugt und vermutlich konservativ in ihren Anschauungen.«

»Was laberst du für eine Scheiße, Georg?«

»Ich meine, wenn sie deine löchrige Jeans und deine bunten Haare sehen, könnten sie uns die Tür vor der Nase zuknallen.«

»Dann verkleide ich mich eben.«

Ich verdrehte die Augen. »Als was?«

»Als braves Mädchen. Das wäre nicht das erste Mal. Ich brauche nur fünf Minuten.«

Es hatte keinen Sinn, mit Franka zu streiten.

Ich wartete im Wagen vor Frankas Wohnung. Eine junge Frau kam aus dem Haus. Sie trug ein beiges Kostüm, hochhackige Schuhe und eine blondgelockte Frisur. Ich stutzte. Ich gaffte. Sie stöckelte zur Beifahrerseite des Saab. Sie setzte sich neben mich.

»Na, wie sehe ich aus?«
Ich kriegte einen Lachkrampf.
»Was ist daran so lustig?«
Ich biß mir auf die Lippe. »Du siehst aus wie die junge Inge Meysel.«

Wir fuhren auf der Hammer Straße nach Süden. Hinter der ersten Kanalbrücke bogen wir auf einen schmalen, unbeleuchteten Seitenweg ab. Ich fragte mich, ob es nicht doch besser wäre, bis zum nächsten Tag zu warten. Wir fanden das Haus. Im Inneren brannte Licht.
»Also dann!« Wir stiegen aus.
Ich holte tief Luft und drückte auf die Klingel.
Eine Weile tat sich nichts. Dann tappten schwerfällige Schritte zur Tür. Das Außenlicht flammte auf, die Tür öffnete sich, und ein kleiner, etwa fünfzigjähriger Mann wurde sichtbar. Seine kurzen Beine steckten in einer einfachen Stoffhose, das gestreifte Hemd spannte über dem vorquellenden Bauch.
»Was wollen Sie?« fragte er aggressiv.
»Entschuldigen Sie die späte Störung, Herr Plistor. Es geht um den Tod Ihrer Tochter.«
»Das gemeine Abschlachten meiner Tochter, meinen Sie wohl.« Er klang verbittert. »Sind Sie von der Polizei?«
»Nein. Wir sind ...«
»Mit Journalistenpack gebe ich mich nicht ab.« Er wollte die Tür schließen.
»Wir sind *keine* Journalisten«, rief ich schnell. »Wir sind Privatdetektive. Wir möchten Ihnen helfen.«
»Sie können mir nicht helfen.« Aber er blieb stehen.
Ich bluffte: »Wir haben Informationen, die zur Aufklärung des Mordes beitragen können. Und Sie wollen doch, daß der Mord aufgeklärt wird?«
Frau Plistor tauchte hinter ihrem Mann auf. Sie war ein paar Zentimeter größer als er und wirkte erheblich älter.

Aber das konnte ein Effekt der letzten Wochen sein. Auch sie war einfach gekleidet, in karierten Hosen und einem weißen Pullover.

Ihre Stimme klang rauchig: »Was ist denn, Klaus?«

Er drehte sich halb um. »Sie sagen, daß sie etwas über den Mord an Kati wissen.«

Sie schaute von mir zu Franka und wieder zurück. »Waren Sie nicht gestern im Fernsehen?«

»Ja.«

»Zusammen mit diesem Schwarz?«

»Richtig.«

»Laß sie rein!«

Das Wohnzimmer sah aus wie zwanzig Millionen andere Wohnzimmer: Polstergarnitur, Schrankwand mit Fernseher. Alles war akkurat und rechtwinklig ausgerichtet. Kein Schmutzfleck würde länger als eine Stunde überleben. Die äußere Ordnung als letzter Halt vor dem inneren Chaos.

Frau Plistor stellte Salzstangen auf den Tisch und passende Untersetzer zu den Gläsern. Sie behandelte uns, als seien wir entfernte Verwandte, die zu einem Höflichkeitsbesuch vorbeigekommen waren. Dem Fernsehen sei Dank.

Herrn Plistor schien die Beflissenheit seiner Frau auf den Geist zu gehen. Er saß mit zusammengekniffenen Augen im Sessel und sagte nichts.

Frau Plistor brachte Wasser und Wein. »Wer ist denn die junge Dame, die Sie mitgebracht haben?«

»Meine Assistentin, Franka Holtgreve.«

»Sie sehen hübsch aus, Fräulein Holtgreve.«

»Danke«, sagte Franka.

»Nun hör doch auf, Hilde!« brummte Plistor. »Du benimmst dich, als ob ...«

»Was hast du, Klaus?«

»Er sagt, er weiß was über den Mord an Kati, verdammt noch mal. Alles andere interessiert mich nicht.«

»Er wird schon sagen, was er weiß, nicht wahr, Herr Wilsberg?«

»Ja«, sagte ich. »Und da wir gerade dabei sind.« Ich legte ihnen umständlich den Fall Benningdorf dar. Sozusagen zum Warmlaufen.

»Was hat das mit meiner Tochter zu tun?« knurrte Plistor.

»Nun, aus vertraulicher Quelle weiß ich, daß auch Ihre Tochter vor ihrem Tod gefoltert wurde.«

Frau Plistor schossen die Tränen aus den Augen.

»Nicht doch, Hilde!« sagte Plistor. Zum ersten Mal klang er halbwegs menschlich.

Ich legte den zweiten Köder aus: »Katarina und Gudrun Benningdorf kannten sich, sie haben beide das selbe Fach studiert.«

Die Plistors schnappten nach Luft.

»Damit nicht genug: Gudrun Benningdorfs Zeuge, ein gewisser Prückner, ist tot, angeblich ein Unfall. Die Benningdorf glaubt, daß es Mord war. Seitdem ist sie untergetaucht, sie fürchtet um ihr eigenes Leben. Momentan versuchen wir, sie ausfindig zu machen.«

»Worauf wollen Sie hinaus?« fragte Plistor.

»Kurz gesagt: Ich glaube, daß es eine Verbindung zwischen beiden Fällen gibt, ich glaube, daß Gudrun Benningdorf etwas über den Mord an Ihrer Tochter weiß, vielleicht sogar den Mörder kennt und deshalb Angst hat, ebenfalls ermordet zu werden.«

Ich hoffte, sie übersahen den schwammigen Grund, auf dem meine Hypothese stand, und redete schnell weiter: »Wir möchten helfen, den Mörder Ihrer Tochter zu überführen. Aber dazu müssen Sie uns mehr über Katarina erzählen. Dann können wir die Benningdorf, sobald wir sie gefunden haben, entsprechend unter Druck setzen.«

»Was wollen Sie wissen?« fragte Frau Plistor.

»Alles, was Ihnen wichtig erscheint.«

»Sie war doch unser einziges Kind.« Erneut kamen ihr die Tränen. »Es ist so schrecklich.«

»Es tut mir sehr leid, Frau Plistor«, sagte Franka.

Die Frau lächelte sie dankbar an. »Solange die Kinder klein sind, hat man Angst, daß sie von einem Auto überfahren werden. Aber wenn sie einmal groß sind, denkt man doch nicht ...«, sie stockte, »... daß man sie selber unter die Erde bringen muß.«

»Meiner Meinung nach tut die Polizei viel zu wenig«, fiel ihr Mann ein. »Mehr als drei Wochen sind jetzt vergangen, und was hat die Polizei erreicht? Nichts. Woanders werden Speichelproben entnommen, Gentests oder sowas gemacht, warum nicht hier?«

Ich sagte nicht, daß in Münster und Umgebung viel zu viele Männer in Frage kämen. Die genmäßige Erfassung der gesamten männlichen Bevölkerung der Bundesrepublik wäre ein Projekt für die Große Koalition.

»Hat die Polizei Ihnen gegenüber einen Verdacht geäußert?«

»Ja, sie glauben, daß es ein Serientäter war, einer, der Katarina gar nicht kannte. Sie sei ihm zufällig in die Hände gefallen.« Er spuckte die Worte verächtlich aus.

»Sie denken etwas anderes?« bohrte ich nach.

Die Plistors guckten sich vielsagend an.

Schließlich brach es aus ihm heraus: »Wir haben jemanden in Verdacht.«

Ich spürte ein Kribbeln im Bauch. »Und wen?«

»Ihren Freund«, sagte Frau Plistor.

»Verraten Sie uns seinen Namen!« bat ich.

»Das können wir nicht. Wir wissen nicht, wie er heißt.«

Ich sank in das Polster zurück.

»Das ist ja das Merkwürdige.« Sie spürte unsere Enttäuschung. Beinahe hätte sie sich entschuldigt. »Früher hat uns Katarina ihre Freunde immer vorgestellt. Nur diesen nicht. Sie machte richtig ein Geheimnis um ihn. Sie wollte partout nichts über ihn erzählen.«

»Nicht einmal, ob er alt oder jung ist?«

»Nein, gar nichts. Wir haben uns regelrecht ein bißchen entfremdet deswegen. Im Nachhinein tut's mir natürlich leid, daß ich sie gedrängt habe. Vielleicht, wenn ich ...«

»Mach dir keine Vorwürfe, Hilde!« sagte Plistor. »Wir hätten es nicht verhindern können.«

Das Gespräch hing in der Luft. Ich nahm einen Schluck Wasser und suchte nach einem Ansatzpunkt.

»Etwas wissen wir allerdings über ihn«, sagte Frau Plistor leise.

Ihr Mann zerrte wie verrückt an seinen Fingern.

»Die Striemen, die Verletzungen an ihrem Rücken, die stammen nicht alle aus der Nacht, als sie ...«

Ich war wie elektrisiert. »Sie meinen ...«

»Ja, die stammen von ihrem Freund. Ich hab Katarina mal im Badezimmer erwischt. Da hat sie sich gerade Desinfektionsmittel auf die Wunden gerieben.«

Wir fuhren zurück in die Innenstadt.

»Denkst du, was ich denke?« fragte Franka.

»Christian Schwarz war Katarinas Freund. Und Gudrun Benningdorf hat's gewußt. Sie hat ihm eine Falle gestellt und anschließend den alten Schwarz erpreßt. Junior dürfte seinem Papa alles gebeichtet haben. Wahrscheinlich wollte er Katarina gar nicht umbringen. Er hat nur im Liebesspiel zu lange zugedrückt. Ein bißchen Strangulieren soll das Lustgefühl steigern.«

»Ich kotze gleich«, sagte Franka.

»Jedenfalls sieht man das in vielen japanischen Filmen.«

»Wir müssen Gudrun finden«, sagte Franka.

»Ja. Bevor jemand anderes sie findet.«

XIII

Das Telefon riß mich aus dem Schlaf.

Eine fette Männerstimme sagte: »Sind Sie der Detektiv?«

Ich gähnte Zustimmung.

»Als ich Sie im Fernsehen gesehen habe, dachte ich: Den muß ich haben.«

»Und wofür?«

»Sie haben doch den Sohn von diesem Politiker rausgehauen, Sie wissen schon, der angeblich die Nutte verprügelt hat.«

»Ich fürchte, Sie haben das falsche Programm gesehen. Mein Klient hatte keine Beziehung zu einer Prostituierten.«

»Sind doch alles Nutten, ob sie sich bezahlen lassen oder nicht.«

Das Gespräch fing an, mich zu langweilen.

»Ich hab auch so ein Problem, mit einer echten, verstehen Sie. Ich steh auf die harten Sachen, ein paar Klapse und so. Aber ich bezahl auch gut dafür. Beim letzten Mal ist allerdings was schiefgegangen, die Nutte ist im Krankenhaus gelandet. Und jetzt hab ich die Bullen am Hals. He, Mann, ich kann es mir nicht leisten, ins Gefängnis zu gehen. Können Sie den Trick auch bei mir anwenden, ich meine, daß sie zugibt, daß gar nichts gewesen ist?«

Ich sagte ihm, daß ich noch nicht so tief gesunken sei, um ein Arschloch wie ihn als Klienten zu akzeptieren. Und ich wünschte ihm einen unfähigen Anwalt und einen schlechtgelaunten Richter, der ihn möglichst viele Jahre wegschließe.

Erschöpft fiel ich ins Bett zurück.

Stimmte das wirklich? Oder hatte ich mich als Handlanger von Wolfgang Schwarz nicht schon längst an den Teufel verkauft?

Franka kam vorbei. Sie sah übernächtigt aus, ihre Haarfarben wirkten stumpf.

Es war noch ziemlich früh am Tag, wir wollten Christian Schwarz erwischen, bevor er das Haus verließ.

Auf Fahrrädern fuhren wir zur Hörsterstraße. Unsere Taktik war einfach: Christian unter Druck setzen. Was mir Sorge machte, war die Tatsache, daß wir dazu nichts in der Hand hatten.

»Sie haben Glück«, sagte Christian. »Ich wollte gerade gehen.«

Er grinste Franka an.

»Meine Mitarbeiterin, Franka Holtgreve«, stellte ich vor.

Schwarz junior machte einen entspannten und lockeren Eindruck, nicht wie ein Mörder, der das Fallbeil über sich schweben sieht.

»Ich bin noch nicht dazu gekommen, mich bei Ihnen zu bedanken. Es war wirklich klasse, was Sie in so kurzer Zeit geleistet haben.«

»Da bin ich nicht so sicher«, sagte ich kalt. »Haben Sie einen Augenblick Zeit?«

»Eigentlich nicht.« Er schaute auf seine Uhr. »Ich muß zur Uni.«

»Sagt Ihnen der Name Katarina Plistor etwas?«

Er griff sich an den Kopf. »Ja. Warten Sie! Ein Polizist war mal hier und hat mich dasselbe gefragt. Sie wurde ermordet, nicht wahr?«

»Korrekt. Und vorher gefoltert. Kommt Ihnen das irgendwie bekannt vor?«

»Katarina war eine Freundin von Gudrun Benningdorf«, klopfte Franka auf den Busch.

»Wir haben Grund zu der Annahme, daß die Benningdorf etwas über den Mord an Katarina Plistor weiß«, setzte ich hinzu. »Und damit kommen Sie wieder ins Spiel.«

Er starrte uns entgeistert an. »Moment mal! Was wird das? Ein Verhör? Haben Sie mich von dem Vorwurf befreit, ein Schläger zu sein, um mir jetzt einen Mord anzuhängen?«

Ich sagte ihm, daß Sebastian Prückner tot und Gudrun Benningdorf auf der Flucht sei.

»Eine schöne Inszenierung, die sich Geskamp und Ihr Vater für mich ausgedacht haben. Die Benningdorf war von vorneherein bereit, die Anschuldigungen gegen Sie zurückzunehmen.«

»Das ist doch lächerlich.«

»Geben Sie es zu! Die Benningdorf hat Ihren Vater erpreßt, und zwar mit Informationen über den Mord an Katarina Plistor. Ich wette, Ihr Vater hat gezahlt. Der Rest war ein Kinderspiel. Geskamp hat mich als Trottel engagiert, der nur noch der ausgelegten Spur folgen mußte.«

»Alles Quatsch.« Christian rannte zu seinem Schreibtisch. »Wozu hat man Anwälte?« Er wühlte in den Papieren, die auf dem Schreibtisch lagen, und wurde fündig. »Hier! In dem Brief von meinem Anwalt steht: ›Die Ermittlungen gegen Sie im Fall Plistor wurden eingestellt. Es hat sich kein hinreichender Tatverdacht ergeben.‹ Die Polizei hat mein Alibi überprüft, Herr Wilsberg. Zu dem Zeitpunkt, als diese Plistor ermordet wurde, war ich nämlich in Griechenland. Außerdem, auch das schreibt mein Anwalt, hat der Gentest ergeben, daß die Hautfetzen, die man unter den Fingernägeln der Leiche gefunden hat, nicht von mir stammen. Nur für den Fall, daß Sie annehmen, ich wäre mal kurz zurückgejettet, hätte einen Mord begangen und wäre dann wieder nach Griechenland geflogen.«

»Die Hautpartikel müssen nicht zwangsläufig vom Mörder stammen«, erwiderte ich. Aber ich war mir längst nicht mehr sicher.

Christian baute sich vor uns auf. »Was Sie meinem Vater und mir vorwerfen, ist vollkommen hirnrissig. Und jetzt verschwinden Sie!«

Wir gingen zu dem Café, in dem ich schon neulich, nach meinem ersten Gespräch mit Christian Schwarz, gesessen hatte. Bei Franka saß der Schock tief. Sie war so bleich, daß ich fürchtete, sie könnte vom Stuhl kippen. Ich versuchte, mir etwas Aufmunterndes einfallen zu lassen. Es blieb bei dem Versuch.

»Du darfst das nicht so persönlich nehmen«, sagte ich. »Es war eine schöne Idee, nur müssen wir uns leider eingestehen, daß wir falsch gelegen haben. Christian Schwarz wäre ein verdammt guter Schauspieler, wenn er uns reingelegt hätte.«

»Du hast ja nicht mit Gudrun gesprochen«, blaffte sie zurück. »Die Frau hat Todesangst.«

»Und ich wüßte zu gern, warum. Es wird uns nichts anderes übrig bleiben, als sie selber zu fragen.«

»Wie willst du das anstellen?«

»Ich werde noch mal zum Studentenwohnheim fahren.«

Franka stöhnte. »Da war ich doch schon zweimal.«

»Und mit wievielen von Gudruns Mitbewohnern hast du gesprochen?«

»Mit dreien.«

»Siehst du! Auf dem Flur wohnen mindestens sechs oder sieben. So ist das bei Studenten, mal sind die einen da, mal die anderen. Vielleicht habe ich Glück und treffe die eine Person, zu der Gudrun Vertrauen hat. Ansonsten müssen wir darauf warten, daß sie sich wieder meldet. Falls sie anruft, schlag ihr ein Treffen vor! Mach ihr klar, daß wir ihr nur helfen können, wenn sie uns sagt, was gespielt wird!«

Gleich beim ersten Apartment hinter der gläsernen Etagentür hatte ich Glück. Der Typ war ganz in Schwarz gekleidet, hatte schwarzgefärbte Haare und schwarzumrandete Augen.

Er sagte: »Hat Gorono Sie geschickt?«

»Nicht direkt.«

Er winkte mich ins Innere. Die Fenster waren geschlossen und die Vorhänge zugezogen. Die Luft war stickig warm, es roch nach Schweiß, verdorbenem Essen und etwas anderem. Überall standen Teller mit halben Pizzen und anderen Essensresten herum, auf dem Boden lagen verstreute Pommes und Chips. Ein paar Kerzen brannten. Ich wagte nicht, ein Möbelstück zu berühren. Die meisten waren mit einer schleimigen Schicht überzogen.

»Gorono hat mir versprochen, einen Boten zu schikken.«

»Wer ist Gorono?«

»Der Administrator von Xerkas, dem siebten Planeten des Beta Centauri-Systems.«

»Ah. Nein. Tut mir leid, ich habe nicht persönlich mit Gorono gesprochen.«

»Er ist sehr beschäftigt.«

»Als Administrator, kann ich verstehen. Sagen Sie, hat Gorono mal Gudrun Benningdorf erwähnt? Sie wissen schon, das ist die Frau, die drei Türen weiter wohnt.«

»Gudrun Benningdorf?« Er machte eine Grimasse. »Das ist keine von uns.«

»Trotzdem könnte es doch sein, daß Gorono sie mit einer Mission beauftragt hat.«

Er reagierte nicht. Anscheinend hatte er mich vergessen.

Der andere Geruch wurde stärker. Es war ein süßlicher, ziemlich ekelhafter Geruch. Mir brach der Schweiß aus.

Der Typ machte den Mund auf. Er redete zu niemand bestimmtem: »Ich habe alles richtig gemacht. Ich habe einen Hamster geopfert, so, wie es Gorono befohlen hat.«

Ich flüchtete.

An der übernächsten Tür, gleich neben Gudrun Benningdorfs Apartment, traf ich auf das Kontrastprogramm zum Gorono-Jünger, eine Frau, die gekleidet war wie ihre eigene Großmutter.

»Langsam fange ich an, mir Sorgen um Gudrun zu machen«, sagte sie ohne großes Mitgefühl. »Dauernd kommen Leute, die sich nach ihr erkundigen.«

»Wer war denn bei Ihnen?« erkundigte ich mich.

»So ein Punkie-Mädchen mit bunten Haaren und vielen Ringen im Gesicht.«

»Meine Mitarbeiterin«, erklärte ich.

»Sollte man nicht die Polizei verständigen? Ich versteh mich nicht besonders gut mit Gudrun, wir reden kaum miteinander, außer ›Guten Tag‹ und ›Tschüss‹. Aber man hört so viel über Verbrechen ...«

»Nach unseren Informationen hält sich Gudrun irgendwo in Münster auf.«

»Oh. Sie meinen, sie versteckt sich?« Die Frau zwinkerte. »Ehrlich gesagt, das wundert mich bei Gudrun nicht. Was hat sie denn ausgefressen?«

Anscheinend lebte Großmütterchen in einer Welt ohne Zeitungen und Fernsehnachrichten.

Ich wurde ungeduldig: »Nichts. Wir möchten uns nur mit ihr unterhalten. Sollten Sie etwas von ihr hören, rufen Sie bitte ...«

»Eins ist mir noch eingefallen«, sagte sie schnell. Ich hegte den Verdacht, sie wollte das Gespräch in die Länge ziehen.

»Ihre Mitarbeiterin, dieses Punkie-Mädchen, hat mich gefragt, ob mir in letzter Zeit etwas aufgefallen sei. Erst später habe ich mich erinnert, es ist nichts Besonderes, ich weiß nicht, ob das wichtig für Sie ist.«

»Ja?«

»Gudrun hat ein neues Auto, so einen kleinen Flitzer, ich glaube, es ist ein japanischer. Das ist mir deswegen aufgefallen, weil sie vorher eine schrottreife Ente gefahren hat. Ich habe noch gedacht, daß sie wohl eine Erbschaft gemacht haben muß.«

Ich sagte, daß mir das enorm weiterhelfen würde, und machte sie damit beinahe glücklich.

Den dritten Treffer landete ich auf der gegenüberliegenden Flurseite. Eine Studentin, die mir zwar nichts Neues erzählen konnte, aber die Geschichte mit dem Auto bestätigte. Offenbar hatte sich Gudrun vor ein bis zwei Wochen ein neues Auto gekauft.

Blieb die Frage, von wem das Geld stammte. Ich tippte auf Schwarz senior. Doch wofür hatte er Gudrun bezahlt?

Zur Sicherheit klopfte ich auch an Gudruns Tür. Keine Reaktion.

Auf dem Parkplatz vor dem Studentenwohnheim fiel mir ein Mann in einem blauen Passat auf. Er trug eine Lederjacke und einen Dreitagebart und gab sich redlich Mühe, wie ein Student auszusehen. Doch der Blick, mit dem er mich über die aufgeschlagene Zeitschrift musterte, wirkte professionell.

Ich fuhr zurück ins Büro. Franka kaute an ihren Fingernägeln. Gudrun Benningdorf hatte nicht angerufen.

Am Nachmittag bekamen wir hohen Besuch. Schwarz senior persönlich und Till Geskamp platzten in unser angestrengtes Nachdenken. Schwarz hatte einen knallroten Kopf und war auf hundertachtzig: »Was erlauben

Sie sich, Wilsberg? Wie kommen Sie dazu, meinem Sohn einen Mord anzuhängen? Ich warne Sie! Lassen Sie meinen Sohn in Ruhe! Und wagen Sie es nicht, irgendwelche Verdächtigungen auszustreuen! Sonst werden Sie mich kennenlernen.«

Ich blieb ruhig: »Dann erklären Sie mir, wovor sich Gudrun Benningdorf versteckt!«

»Meine Kenntnisse der Psyche dieser Frau sind äußerst begrenzt. Es ist mir, offen gesagt, scheißegal, was für ein Problem sie hat. Ich habe nichts damit zu tun, mein Sohn hat nichts damit zu tun, und Sie sollten sich nicht darum kümmern. Sie arbeiten für *mich*, haben Sie das vergessen?«

»Du enttäuschst mich wirklich, Georg«, assistierte Geskamp. »Ich habe dir doch klar gemacht, daß der Fall Benningdorf erledigt ist. Warum machst du dir nicht Gedanken darüber, was du mit den zehn Riesen anfangen willst, die du von uns kassiert hast?«

»Weil du mich schon einmal gelinkt hast, Till. Irgendwie fehlt mir der Glaube, daß ich die ganze Wahrheit kenne. Ich frage mich, wie die Benningdorf darauf kommt, daß Prückner ermordet wurde, und wieso sie Angst um ihr Leben hat.« Ich behielt Schwarz im Auge. »Und ich frage mich, was Gudrun Benningdorf über den Mord an Katarina Plistor weiß.«

Schwarz zeigte keine Reaktion.

Geskamp übernahm die Antwort: »Nachdem du in Bonn warst, habe ich mich erkundigt. Die Polizei hat keinen Zweifel, daß Prückner durch einen Unfall gestorben ist. Was Gudrun Benningdorf betrifft, vermute ich mal, daß sie mit den Nerven fertig ist. Nach dem, was sie in den letzten Tagen durchgemacht hat, ist das ja nicht verwunderlich. Und was die dritte Sache angeht ...«

»Katarina Plistor«, sagte ich langsam.

»Ja. Ich weiß, daß kurzfristig gegen Christian ermittelt wurde. Aber der Verdacht hat sich, wie du inzwischen erfahren haben dürftest, in Luft aufgelöst. Alles ist in bester Ordnung.«

»Dafür habt ihr euch erstaunlich schnell in Bewegung gesetzt. Man sollte doch annehmen, daß es zwei Tage vor der Wahl wichtigere Dinge gibt.«

Ich hatte ihnen keine Stühle angeboten. Der Bundestagsabgeordnete schob seinen Hintern auf meinen Schreibtisch und schaute von oben auf mich herab.

»Weil Sie mit Ihrem haltlosen Geschwätz meine Karriere gefährden können. Das lasse ich nicht zu, Herr Wilsberg. Sehen Sie sich also vor!«

Ich wandte mich direkt an ihn: »Gudrun Benningdorf hat vor einer Woche ein neues Auto gekauft. Woher stammt das Geld, wenn nicht von Ihnen?«

Schwarz guckte zu Geskamp. Der nickte unmerklich.

»Okay, damit Sie endlich Ruhe geben: Wir haben der Benningdorf Geld gegeben.«

»Sie sind auf ihre Erpressung eingegangen, meinen Sie wohl?«

»Nennen Sie es, wie Sie wollen. Das Ganze ist zu einem ungünstigen Zeitpunkt passiert, so kurz vor der Wahl. Wir konnten kein Risiko eingehen. Wir mußten sichergehen, daß die Benningdorf ihre Anschuldigungen zurücknimmt, bevor es zur Regierungsbildung kommt.«

Ich ließ mir das durch den Kopf gehen. »Sie hatten Ibrahim Garcia als Entlastungszeugen, Sie haben Gudrun Benningdorf bezahlt, und Sie haben mich engagiert. Ein beachtlicher finanzieller Aufwand, wenn man bedenkt, daß Christian eigentlich unschuldig ist.«

»Na und? Geld ist nicht mein vordringliches Problem. Ich habe die Summen als Wahlkampfkosten abgehakt. Und wir hatten einen schönen Auftritt vor den Medien. Das Geld ist also nicht zum Fenster rausgeworfen. Wir konnten ja nicht ahnen, daß Sie so tüchtig sind und Prükkner dazu bringen, seine erste Aussage zu widerrufen.«

Ich faßte zusammen: »Sie brauchten keinen Privatdetektiv, sondern einen Idioten, der das herausfindet, was Sie arrangiert haben. Sehr schmeichelhaft, daß Sie dabei auf mich gekommen sind.«

»Nun nimm's nicht so persönlich!« sagte Geskamp. »Wir haben das doch alles schon in Bonn besprochen. Immerhin hast du zehntausend Mark kassiert.«

Schwarz zeigte sein Politikerlächeln. »Damit wir nicht im Bösen auseinandergehen, lege ich noch was drauf. Hören Sie zu, Wilsberg! Ich gebe Ihnen noch mal Fünftausend, wenn Sie versprechen, daß Sie von jetzt an keinen Gedanken mehr an die Benningdorf oder meinen Sohn verschwenden.«

Ich schaute zu Franka hinüber. Ihr Blick war eindeutig: Er oder ich.

»Tut mir leid, Herr Schwarz, ich kann Ihr Angebot nicht annehmen.«

»Was heißt das?«

»Daß ich Gudrun Benningdorf finden werde. Das bin ich mir schuldig.«

Sein Gesicht wurde hart. »Spannen Sie meine Geduld nicht auf die Folter, Wilsberg! Wenn Sie meine Kreise stören, mache ich Sie fertig.« Er schaute sich um. »Sieht aus, als ob das früher eine Wohnung gewesen wäre. Was meinst du, Till – Umwandlung von Wohnraum in Bürofläche, das ist eine Nutzungsänderung, oder?«

Geskamp spielte mit. »Darauf steht ein saftiges Bußgeld, Wolfgang.«

Schwarz grinste mich an. »Ich habe ein paar einflußreiche Freunde in der Stadtverwaltung. Die sind ganz scharf darauf, mir einen Gefallen zu tun.«

Ich stand auf. »Ich hab schon besseres Schmierentheater gesehen. Machen Sie, daß Sie rauskommen!«

Der designierte Minister rutschte vom Schreibtisch. »Das wird Ihnen noch leid tun.« Angeekelt fegte er ein paar Schuppen von seiner schwarzen Anzughose. »Sie sollten was gegen Ihre Schuppen tun, Herr Wilsberg.«

»Geht leider nicht. Ich habe Neurodermitis. Und Neurodermitiker häuten sich bis zu siebenmal häufiger als normale Menschen. Dafür sind sie aber auch intelligenter als der Durchschnitt, von Schuppenflechtlern ganz zu schweigen.«

Dazu fiel ihm nichts ein.

»Was für Wichser!« sagte Franka, als die beiden weg waren.

»Hat nicht mal jemand gesagt, daß Politik ein schmutziges Geschäft ist?«

»Glaubst du, du kriegst Ärger – wegen der Nutzungsänderung?«

»Vermutlich. Aber mit *dem* Problem beschäftige ich mich, wenn wir die aktuellen gelöst haben.«

»Nimmst du ihnen das ab, was sie über Gudrun Benningdorf gesagt haben?«

»Gudrun hat Schwarz erpreßt, soviel steht fest. Fragt sich nur, womit.«

Eine Stunde später rief Gudrun Benningdorf an. Franka schaltete den Lautsprecher ein.

»Halten Sie sich vom Studentenwohnheim fern!« sagte ich. »Ich glaube, es wird überwacht.«

»Sowas habe ich mir schon gedacht.«

»Wer sind die Männer, die Sie verfolgen, Frau Benningdorf?«

»Das weiß ich nicht. Aber ich glaube, ich weiß, wer sie bezahlt.«

»Schwarz?«

»Ja.«

»Warum gehst du nicht zur Polizei?« fragte Franka.

Benningdorf lachte. »Schätzchen, was soll ich denen

denn erzählen? ›Ein paar böse Männer sind hinter mir her.‹ Die lachen mich doch aus. Wer einmal lügt ... Du kennst den Spruch. Außerdem hat Schwarz sicher mehr Freunde bei der Polizei als ich.«

»Was wissen Sie über den Mord an Katarina Plistor?« fragte ich.

Benningdorf schwieg.

»Wir sind auf deiner Seite«, sagte Franka. »Wir wollen dir wirklich helfen. Schwarz war vorhin hier und hat einen Aufstand gemacht, weil wir weiter in der Sache ermitteln. Schwarz und Wilsberg, mein Chef, sind geschiedene Leute.«

»Nicht am Telefon. Ich möchte, daß ihr mit der Polizei verhandelt. Ich gebe euch eine schriftliche Erklärung, im Gegenzug erwarte ich, daß die Polizei meine Sicherheit garantiert.«

»In Ordnung«, sagte ich. »Schlagen Sie einen Treffpunkt vor!«

»Im Südpark, bei den Speckbrettplätzen, in einer halben Stunde.«

Während ich vor der Ampel am Buddenturm wartete, guckte ich in den Rückspiegel. Hinter mir stand ein blauer Passat, und der Typ, der am Steuer saß, hatte das bekannte unrasierte Gesicht. Statt vor dem Studentenwohnheim zu schmoren, verfolgte er jetzt *mich*.

Die Ampel sprang auf Grün, ich änderte kurzfristig die Fahrtroute und bog auf die Münzstraße nach Norden ab. Ich mußte ihn abschütteln.

Auf der Steinfurter Straße klebte er immer noch an meiner Stoßstange. Ich griff zum Handy und rief Franka an. »Falls sich die Benningdorf meldet, sag ihr, daß ich mich eine Viertelstunde verspäte.«

Vor Wilkinghege fuhr ich langsamer. Eine lange gelbe Ampelphase. Ich gab Gas.

Der Typ blieb hinter mir, kümmerte sich nicht um Verkehrsregeln.

Ich kam durch Kinderhaus, wollte über die Grevener Straße zurück in die Innenstadt. Diesmal war ich schlauer. Ich wartete, bis sich ein Pulk Fahrzeuge näherte, und schoß im letzten Moment davon. Er konnte mir nicht folgen. Ich fuhr kreuz und quer durch kleine Nebenstraßen, bis ich sicher war, daß ich ihn abgehängt hatte.

Als ich im Südpark ankam, waren fünfzig Minuten vergangen. Auf den Speckbrettplätzen schlugen sich Freizeitsportler in Jogginghosen die Filzbälle um die Ohren. Gudrun Benningdorf war nirgendwo zu sehen. Ich schlich dreimal um die Anlage, bis die Mütter auf mich aufmerksam wurden. Dann gab ich es auf.

XIV

Das Telefon blieb stumm. Franka war unglücklich.

»Geh nach Hause!« sagte ich. »Mach was Nettes mit deinem Freund und denk nicht an die Arbeit! Ruh dich einfach mal aus!«

»*Jetzt*?« schrie sie mich an.

»Ich bin doch da, falls die Benningdorf anruft.«

»Und was ist, wenn *dir* etwas zustößt?«

Sie telefonierte mit Mark-Stefan. Er machte ihr Vorwürfe, daß sie kaum noch zu Hause sei. Sie sagte, daß es um Leben und Tod ginge. Sie könne jetzt unmöglich das Büro verlassen. Er wurde wütend und mutmaßte, daß sie etwas mit mir habe. Sie wurde ebenfalls wütend und beschimpfte ihn als kompletten Spinner.

Er legte auf.

Franka saß hinter dem Telefon und schluchzte.

Es war der richtige Augenblick, um wieder mit dem Trinken anzufangen. Ich ließ ihn verstreichen.

Wir saßen schweigend vor dem Fernseher wie ein altgewordenes Ehepaar, immer bereit, beim ersten Ton des Telefons aufzuspringen.

Nach dem zweiten Spielfilm baute ich die Couch im Wohnzimmer zum Bett um. Anschließend wälzte ich mich lange in meinem eigenen, bevor ich einschlafen konnte.

Ein neuer Tag, der letzte vor den Wahlen. Noch einmal hofierten die Parteien den wankelmütigen Souverän, die Wähler. In zwei Tagen würden sie ihn für vier Jahre aufs Altenteil abschieben.

Endlich kam der langersehnte Anruf.

»Warum sind Sie gestern nicht gekommen?« fragte Gudrun Benningdorf.

Ich sagte ihr, daß ich einen Verfolger abschütteln mußte.

»Scheiße.«

»Ja. Wir müssen äußerst vorsichtig sein.«

Sie schlug vor, daß wir uns auf dem Wochenmarkt am Dom treffen sollten, das Gewühl der einkaufenden Massen würde uns schützen.

Vom Fenster aus waren der blaue Passat und Dreitagebart nicht zu sehen. Aber womöglich arbeitete der Kerl nicht allein. Ich ging hinunter und schwang mich aufs Fahrrad. Zwischen dem Kreuzviertel und dem Domplatz gab es genügend Wege, auf denen mir ein Auto nicht folgen konnte. Franka blieb im Büro. Wir hatten vereinbart, daß ich mich jede Viertelstunde melden würde. Falls der Anruf länger als fünf Minuten ausblieb, sollte sie Hauptkommissar Stürzenbecher informieren.

Unterwegs blickte ich mich häufig um. Ich bemerkte nichts Verdächtiges.

Auf der kleinen Aabrücke und dem kopfsteingepflasterten Spiegelturm bewegte sich ein Fußgängerstrom, Frauen und Männer mit Einkaufstaschen. Ich schob das Fahrrad den Domhügel hinauf und stellte es vor dem Bischofssitz ab.

Mein erster Kontrollanruf. Franka nahm nicht ab. Was war schiefgegangen? Ich überlegte, ob ich zurückfahren sollte. Aber dann würde ich Gudrun erneut verpassen. So oder so saß ich in der Klemme.

Ich quetschte mich durch das Getümmel. Der vereinbarte Ort war die nordöstliche Ecke des Marktes, neben den Kaffeeständen, direkt vor dem Denkmal Kardinal von Galens.

»Georg!« Imke.

Ich nahm Sarah hoch und küßte sie. »Was macht ihr denn hier?«

»Wir fahren manchmal samstags nach Münster. Ich gehe gerne auf den Markt, meistens treffe ich alte Bekannte.« Imke war in Plauderlaune.

»Tut mir leid, aber ich habe keine Zeit.«

»Wieder eine Verabredung?« fragte Imke spitz.

»Nein, ich bin nicht zu meinem Vergnügen hier.«

»Das sieht man.«

»Imke, bitte! Es ist ein wichtiger Job.«

»Papa, gehst du mit uns Eis essen?«

»Nein, mein Schatz, heute nicht.« Ich strich Sarah übers Haar. Verdammt, ich mußte weiter. Eine alte Frau stieß mir ihren Einkaufswagen in die Hacken.

»Bis bald!«

Imkes verkrampfter Gesichtsausdruck – eine Mischung aus Selbstmitleid und Vorwurf.

Ich erreichte das Denkmal. Keine Spur von Gudrun. Ich rief im Büro an. Keine Franka. Es war zum Verzweifeln.

Ich wartete. Die Minuten verstrichen. Und dann entdeckte ich den Dreitagebart. Er stand hinter dem Bratfischstand und telefonierte. Der große Kopf mit der niedrigen Stirn nickte heftig, anscheinend bekam er Anweisungen. Im Auto hatte er nur unsympathisch ausgesehen, in voller Größe und aufgeblähter Lederjacke wirkte er brutal.

Ich ging in Deckung und beobachtete ihn. Er klappte das Handy zusammen und setzte sich in Bewegung. Ohne lange nachzudenken, folgte ich ihm, achtete darauf, daß immer genügend Wochenmarktbesucher zwischen uns waren.

Dreitagebart hatte es eilig. Am Michaelisplatz verließ er den Wochenmarkt, ging auf dem Bürgersteig in Richtung Fürstenberghaus. Ich blieb auf seiner Höhe, innerhalb des Marktes, Rempeleien und wütendes Gezischel inklusive. Vor dem Landesmuseum für Kunst und Kulturgeschichte bog er nach links. Notgedrungen mußte ich den Markt verlassen. Ich suchte vergeblich die Straße ab. Es gab nur eine Möglichkeit: Er hatte das Landesmuseum betreten. Seit wann interessierten sich brutale Verfolger für Kunst?

Im Foyer stieß ich auf Franka.

»Was machst du denn hier?«

Ihre Stimme überschlug sich. »Sie haben sie. Ich bin sicher, daß sie sie haben.«

»Wer?«

»Kaum warst du weg, hat Gudrun angerufen. Der vereinbarte Treffpunkt würde überwacht.«

»Wie sollen die denn ...?«

»Weiß ich nicht. Sie wollte zum Landesmuseum gehen und dort im Café auf uns warten.«

»Eine Wanze«, sinnierte ich. »Schwarz oder Geskamp könnten eine Wanze in unserem Büro versteckt haben. Aber warum haben sie dann nicht schon gestern ...« Mir fiel ein, daß ich beim ersten Mal den Treffpunkt nicht wiederholt hatte.

»Ich bin sofort losgefahren«, sagte Franka.

»Habe ich dir nicht ausdrücklich gesagt ...«

»Aber sie war nicht im Café.«

»Kein Wunder. Wenn die Typen vom ersten Treffpunkt erfahren haben, kennen sie auch den zweiten.«

»Was machen wir jetzt, Georg?«

Ich schaute mich um. »Ich glaube, daß sich Gudrun noch im Museum befindet. Hast du Stürzenbecher angerufen?«

»Ja.«

»Und was hat er gesagt?«

»Er will selbst vorbeikommen und ein paar von seinen grünen Jungs mitbringen.«

»Gut. Was anderes: Etwa eine Minute vor mir ist ein Fiesling in schwarzer Lederjacke hereingekommen.«

Franka nickte. »Habe ich gesehen.«

»Das war der Typ, der mich gestern verfolgt hat. Wo ist er hingegangen?«

Franka zeigte auf den Eingang zur Ausstellung. Im selben Moment hörten wir einen Schrei.

Wir rannten los, vorbei an einem verdutzten Wärter, etlichen alten Steinen und Heiligen, irrten durch ein Labyrinth von Altarbildern, bis wir in den glasüberdachten Innenhof kamen. Gudrun stand am Geländer des dritten Stockwerks. Hinter ihr ein Kerl, der ihr eine Pistole an den Kopf hielt. Der Dreitagebart rannte gerade die Treppe hinauf.

»Polizei!« brüllte ich nach oben. »Lassen Sie sofort die Frau los!«

Gudrun wurde an den Haaren nach hinten gezogen und verschwand aus unserem Blickfeld.

»Du bleibst hier«, sagte ich zu Franka.

»Georg!«

»Verstanden?«

»Ja.«

»Sobald Stürzenbecher auftaucht, schickst du ihn hinter mir her!«

Ich nahm dieselbe Treppe wie Dreitagebart. Die Typen hatten Pistolen und ich nicht. Es war der reine Wahnsinn.

Es gab nicht viele Besucher an diesem Samstag vormittag. Der Gang im dritten Stockwerk war leer. Renaissance oder Moderne Kunst – ich entschied mich für Renaissance. Hinter der Tür eine Museumsaufseherin am Telefon, kreidebleich im Gesicht.

»Polizei. Wo sind sie?«

Sie öffnete den Mund und zeigte mit dem Daumen über ihre Schulter. Ich rannte weiter. Und dann sah ich sie: Dreitagebart hatte seinen Kumpel eingeholt, gemeinsam zerrten sie Gudrun den Flur entlang. Dreitagebart entdeckte mich und hob seine Pistole. Ich sprang zur Seite. Die Kugel bohrte sich in das Bildnis einer Grafenfamilie.

Ich linste um die Ecke. Der Knall dröhnte noch in meinen Ohren. Plötzlich eine Hand auf meiner Schulter. »Du hast Pause, Wilsberg.« Stürzenbecher.

Ich drehte mich um. »Bist du allein?«

»Meine Jungs sichern die Ausgänge. Die kommen hier nicht raus. Das Wichtigste ist jetzt, daß wir die Besucher in Sicherheit bringen. Ich möchte nicht, daß Unbeteiligte zu Schaden kommen.«

»Die bringen die Benningdorf um«, widersprach ich.

»Ich kümmer mich darum. Du bleibst hier.« Er langte in seine Jackentasche und drückte mir eine Pistole in die Hand. »Für alle Fälle.«

Stürzenbecher verschwand. Ich betrachtete die Pistole. Zu dumm, daß ich ihn nicht gefragt hatte, wie man sie entsicherte. Ich schob den Hebel nach oben und gab einen Probeschuß ab. Ein alter Schrank verlor eine Ziersäule.

Zwischen den Bildern der Malerfamilie tom Rink wurde es mir zu langweilig. Langsam bewegte ich mich vorwärts. Bald wurde mir klar, daß die Gangster die Renaissance verlassen hatten. Dann also Moderne Kunst. Ich kam an Vierecken und Kandinskys vorbei. Weiter entfernt fielen mehrere Schüsse. Ein Mann brüllte vor Schmerz, es klang nicht nach Stürzenbecher. Anscheinend hatte er einen der beiden erwischt.

Erneut ein Schuß. Diesmal konnte ich ihn besser lokalisieren. Über der Tür, die ich vorsichtig öffnete, verkündete ein Schild: *Conver Art*.

Dreitagebart lag auf einer Miniatur-Fluglandebahn und umklammerte sein linkes Bein, aus dem das Blut spritzte. Die Landebahn färbte sich rot. Ich behielt ihn im

Auge und vor der Pistolenmündung. In seinem Gesicht stand blanke Todesangst. Als er mich sah, stieß er zwischen den Zähnen ein paar Worte hervor, die sich russisch anhörten.

Fünf Meter weiter eine russische Landkarte von Europa, im Nebenraum marschierten Soldaten auf Videomonitoren, dazu Hymnen in der Endlosschleife.

»Geben Sie auf! Sie haben keine Chance!« Stürzenbechers Stimme im Befehlston, ganz in der Nähe.

Ein lautes Klicken, jemand hatte keine Munition mehr. Ich ließ es darauf ankommen und trat aus der Deckung. »Nicht schießen! Ich bin's.«

Gangster Nummer eins, den Arm um Gudruns Hals gelegt, kauerte hinter einer Skulptur, die wie ein überdimensionales Holzspielzeug aussah. Stürzenbecher grinste.

Der Gangster warf die Pistole weg und richtete sich auf.

»Kommen Sie her!« rief Stürzenbecher Gudrun zu.

Gudrun torkelte quer durch den Raum. Ich fing sie auf, und sie sackte in meinen Armen zusammen. Vorsichtig ließ ich sie zu Boden gleiten, sie war noch bei Bewußtsein und griff nach meiner Hand.

Stürzenbecher legte Gangster Nummer eins Handschellen an.

»Der Typ da hinten verblutet«, sagte ich zu Stürzenbecher.

Der Hauptkommissar griff zu seinem Funkgerät.

Gudrun öffnete den Mund. »Schwarz.«

Ich beugte mich über sie. »Christian Schwarz? Hat Christian Schwarz Katarina Plistor umgebracht?«

»Nicht Christian. Wolfgang Schwarz.«

XV

Mit einem Six-Pack alkoholfreiem Bier und einer gebratenen Ente mit Bambus und Pilzen vom Chinesen machte ich es mir vor dem Fernseher gemütlich. Eines der großen Rätsel der Menschheit bleibt für mich die Frage, wie sämtliche chinesischen Restaurants in Deutschland es schaffen, ihre gebratenen Entenstücke absolut gleich aussehen und gleich schmecken zu lassen. Vielleicht gibt es ja irgendwo eine geheime chinesische Großküche, die Norm-Entenstücke herstellt.

Die Prognose um achtzehn Uhr sah die SPD weit vor der CDU, für Grüne und FDP schien die Sache gelaufen, bei der PDS war es noch unklar. Pfarrer Hintze sagte ein Interview ab und hielt statt dessen mit tränenerstickter Konfirmandenstimme eine Rede vor der eigenen Anhängerschaft, in der er versicherte, man habe bis zuletzt für die gute Sache gekämpft. Den Handtuchhalter des Großen Schwarzen Riesen erschütterte ganz offensichtlich die Aussicht, bald in den aktiven Kirchendienst zurückkehren zu müssen.

Stürzenbecher und ich hatten Gudrun Benningdorf zum Krankenhaus begleitet. Trotz der schrecklichen Gefahr, in der sie sich befunden hatte, war sie in der Lage, die Geschichte einer verrückten Erpressung zu erzählen. Der Wunsch, Wolfgang Schwarz ins Gefängnis zu bringen, gab ihr die nötige Kraft.

Katarina Plistor hatte ihre Affäre mit Wolfgang Schwarz geheimgehalten, weder ihre Eltern noch ihre Freunde wußten etwas davon. Mit einer Ausnahme. Am Ende einer alkohol- und dezibelgeschwängerten Studentenparty, nachdem sie wieder einmal allein geblieben war, weil sie die Baggerversuche der männlichen Studentenschaft ins Leere laufen ließ, hatte sie Gudrun Benningdorf gegenüber eine Andeutung gemacht. Keinen Vergleich würden diese Milchbubis aushalten mit dem wahnsinnig interessanten und erfahrenen Mann, den sie liebe. Leider sei der Mann verheiratet und in der Öffentlichkeit bekannt, deshalb könnten sie sich nur selten und unter besonderen Vorsichtsmaßnahmen treffen.

Gudrun hatte ein bißchen nachgebohrt, und Katarina hatte noch mehr verraten: Ihr Freund sei Politiker und habe gute Chancen, nach der Wahl Minister zu werden. Darauf hatte Katarina über die sexuellen Vorlieben ihres geheimnisvollen Freundes geredet, zuerst stockend, dann immer selbstbewußter werdend. Am Anfang sei sie irritiert, ja geradezu schockiert gewesen, doch inzwischen habe sie Gefallen an den sadomasochistischen Spielen gefunden, die sie beide in einen rauschhaften Zustand zwischen Schmerz und Lust brächten. Eine Welt, hatte Katarina überheblich gesagt, von der die Normalos um sie herum keine Ahnung hätten.

Eine Woche später hatte Gudrun Benningdorf vom gewaltsamen Tod der Katarina P. in der Zeitung gelesen. Die Meldung hatte sie elektrisiert, sie konnte sich denken, wer und was für den Tod Katarinas verantwortlich war, aber sie wußte nicht, was sie mit ihrem Wissen anfangen sollte. In ihrer Unsicherheit hatte sie Sebastian Prückner, ihren ehemaligen Freund, eingeweiht. Prückner befand sich in Geldschwierigkeiten. Seine Werkstatt lief schlecht, und das Ehepaar, dem der Bauernhof gehörte, wollte ihn und seine Schrottautos lieber heute als morgen loswerden. Prückner hatte die Idee, Wolfgang Schwarz zu erpressen. Gemeinsam riefen sie Schwarz an, doch der Bundestagsabgeordnete lachte sie bloß aus. Wenn sie irgendwelche Beweise gegen ihn hätten, sollten sie doch zur Polizei gehen.

Prückner und Gudrun überlegten hin und her, schließlich kam Gudrun auf den Einfall, Christian Schwarz zu verführen. Von einer gemeinsamen Bekannten wußte sie, daß Christian an der Uni Münster studierte. Prückner beschattete ihn ein paar Tage, bis sich eine günstige Gelegenheit, nämlich die Uni-Fete, ergab.

Diesmal ging die Rechnung auf. Wolfgang Schwarz erklärte sich bereit, die geforderte Summe zu zahlen. Im Gegenzug verlangte er, daß Gudrun und Prückner bei der medienwirksamen Show zur Errettung seines Sohnes mitspielen müßten. Er würde ihnen einen ahnungslosen Privatdetektiv auf den Hals hetzen, dem sie rechtzeitig vor der Wahl ein Erfolgserlebnis verschaffen sollten.

Soweit zu meiner Rolle.

Die ersten Hochrechnungen bestätigten den Trend der Prognose, für Rot-Grün zeichnete sich eine knappe Mehrheit ab. Das ZDF schaltete wild zwischen Kohl und Schröder hin und her, die gleichzeitig auftraten. Ohnehin bedankten sich erstmal alle Politiker bei ihren Wählern, die einen für die Beförderung, die anderen für die Schläge, die sie bekommen hatten. Ein Politikprofessor kam mit der überraschenden Erkenntnis daher, daß Kohl verbraucht sei. Das hatten ungefähr achtzig Millionen Deutsche gemerkt, mit Ausnahme von Kohl selbst.

Die gebratene chinesische Ente hatte tatsächlich wie immer geschmeckt und damit meine Erwartungen voll erfüllt. Ich stellte die ausgelöffelte Aluschale zur Seite und nahm die kleine elektronische Wanze in die Hand, die wir unter Frankas Schreibtisch gefunden hatten. Till Geskamp hatte sie unbemerkt angebracht, während Wolfgang Schwarz unsere Aufmerksamkeit auf sich lenkte.

Dreitagebart hatte übrigens überlebt, wenn auch knapp. Er und sein Killerkollege schwiegen beharrlich. Sie hatten gefälschte Pässe bei sich, die sie als polnische

Staatsbürger auswiesen. Stürzenbecher beabsichtigte, den Unfalltod Prückners noch einmal aufzurollen. Er nahm an, daß die beiden Killer Prückner ermordet hatten. Doch zuerst beschäftigte er sich mit Wolfgang Schwarz und Till Geskamp.

Bei der Bonner Runde schien auch Kohl nicht unglücklich darüber zu sein, daß er sich in Zukunft der Gartenarbeit in Oggersheim widmen konnte. Er ließ allerdings offen, ob er seine Memoiren unter dem Titel *Größer wie ich war keiner* veröffentlichen würde.

Die Mehrheit von Rot-Grün war inzwischen breiter geworden. Trotzdem blieben die Statements der Parteivorsitzenden unverbindlich bis nichtssagend. Eine gewisse Schärfe kam erst ins Spiel, als einer der Journalisten den Namen Wolfgang Schwarz erwähnte. Der angesprochene Parteivorsitzende setzte eine Leichenbittermiene auf und sagte, daß das von gewissen Medien in Umlauf gebrachte Gerücht, Schwarz sei für ein Ministeramt vorgesehen gewesen, jeglicher Grundlage entbehre. Es habe nie die Absicht bestanden, Wolfgang Schwarz zum Minister zu machen. Im übrigen bedauere er den Schaden, den der Bundestagsabgeordnete seiner Partei zugefügt habe. Sollten sich die Vorwürfe bewahrheiten, die jetzt in Münster erhoben würden, werde er nicht zögern, ein Parteiausschlußverfahren in Gang zu setzen.

Wolfgang Schwarz und Till Geskamp waren noch am Samstag verhaftet worden. Schwarz hatte zunächst alles abgeleugnet und, wie mir Stürzenbecher berichtete, im Polizeipräsidium einen lautstarken Auftritt hingelegt.

Die Wende kam in der Nacht von Samstag auf Sonntag. Nach zehn Stunden beinahe pausenlosem Verhör hatte Stürzenbecher Till Geskamp weichgeklopft. Unter der Zusage, daß ihm mildernde Umstände eingeräumt würden, hatte Geskamp seinen Boß verraten und ein umfassendes Geständnis abgelegt.

Geskamp sagte aus, daß Schwarz tatsächlich Katarina Plistor getötet habe. Allerdings sei Schwarz selbst über den Tod seiner Freundin bestürzt gewesen, keinesfalls habe er die Absicht gehabt, sie umzubringen. Nach dem *Unfall* sei Schwarz in heller Aufregung gewesen und habe ihn, Geskamp, angerufen. Gemeinsam hätten sie beratschlagt und dann die Leiche in der Nähe des Steiner Sees abgelegt. Anschließend habe sich Schwarz zunächst in Sicherheit gewähnt. Das habe sich schlagartig durch den ersten Erpressungsversuch von Gudrun Benningdorf geändert. Für das, was nach der inszenierten Reinwaschung von Christian passiert sei, lehne er, Geskamp, jegliche Verantwortung ab. Schwarz habe in seiner Gegenwart lediglich die Bemerkung fallen lassen, er wolle nicht sein Leben lang von zwei Erpressern abhängig sein. Über einen Mittelsmann in Berlin habe er zwei Ukrainer engagiert, die die Sache für ihn erledigen würden. Den genauen Auftrag, den Schwarz den beiden erteilt habe, kenne er, Geskamp, nicht. Er könne sich allerdings vorstellen, daß die Ukrainer Prückner ermordet hätten und auch Gudrun Benningdorf töten sollten.

Als Wolfgang Schwarz vom Geständnis seines Assistenten erfuhr, legte er seinerseits ein Geständnis ab. Es unterschied sich in einem gravierenden Punkt von der Aussage Geskamps.

Schwarz gab zu Protokoll, wie mir Stürzenbecher erzählte, daß er sich nach dem unglücklichen Tod Katarina Plistors und der finanziellen Abfindung von Gudrun Benningdorf und Sebastian Prückner nicht weiter um die Angelegenheit gekümmert habe. Falls Killer angeheuert worden seien, um Benningdorf und Prückner zu beseitigen, so sei das allein Geskamps Idee gewesen. Seine Schuld, die ihn bis ans Lebensende begleiten werde, bestehe ausschließlich darin, die mörderische Energie seines Büroleiters unterschätzt zu haben.

Die PDS hatte den Einzug in den Bundestag geschafft. Bonner Korrespondenten kolportierten Gerüchte, daß sich Sozialdemokraten und Grüne bereits zu ersten Konsolidierungsgesprächen getroffen hätten. In den Talkrunden, die sich an die Wahlberichterstattung anschlossen, kamen die berühmten Alten Herren zum Zuge. Aufgrund ihrer langjährigen Erfahrung in der Politik, sagten sie, gingen sie davon aus, daß sich im Grunde nichts ändern würde.

Ich schaltete den Fernseher aus und brachte den Abfall in die Küche. Dabei dachte ich darüber nach, wie viele Gemeinsamkeiten doch zwischen Politik und chinesischen Enten bestehen.

Krimis von Jürgen Kehrer I

Und die Toten läßt man ruhen
Der erste Wilsberg-Krimi
Vom ZDF mit Joachim Król als Wilsberg verfilmt
ISBN 3-89425-006-2 DM 14,80
»...eine Story vom Feinsten ... garantiert unmoralisch und zynisch, antibürgerlich und unsozial, aber nicht dumpf-gewalttätig, dafür jedoch dramaturgisch perfekt bis aufs I-Tüpfelchen.« (Leo's Magazin)

In alter Freundschaft
Der zweite Wilsberg-Krimi - Vom ZDF verfilmt
ISBN 3-89425-020-8 DM 14,80
Eine nach Holland ausgerissene minderjährige Punkie, eine verschwundene Ex-Freundin und ein bestohlener Disco-Chef - bei keinem der drei Aufträge, die Wilsberg gleichzeitig erhält, kann er brillieren.

Gottesgemüse
Der dritte Wilsberg-Krimi
ISBN 3-89425-026-7 DM 14,80
Ein Professor verschwindet, und Georg Wilsberg muß sich auf den Psychoterror einer fanatischen Sekte einlassen.

Killer nach Leipzig
ISBN 3-89425-033-X DM 14,80
»...und Leipzig war für kurze Zeit nicht Klein-Paris, sondern ein kleines Los Angeles. Lobenswert, daß das mal jemand aufgeschrieben hat.« (Sächsische Zeitung)

Kein Fall für Wilsberg
Der vierte Wilsberg-Krimi
ISBN 3-89425-039-9 DM 14,80
Dubiose Waffengeschäfte mit einem arabischen Staat, eine Familie, in der jeder jeden haßt, und ein Firmenchef mit Doppelleben.

Wilsberg und die Wiedertäufer
Der fünfte Wilsberg-Krimi
ISBN 3-89425-047-X DM 14,80
Das »Kommando Jan van Leiden« fordert vom Bischof eine halbe Million. Und Wilsberg soll Geldbote spielen.

Krimis von Jürgen Kehrer II

Schuß und Gegenschuß
Der sechste Wilsberg-Krimi
ISBN 3-89425-051-8 DM 14,80
Wilsberg soll in einem Reality-TV-Film sich selbst spielen. Kurz nach Drehbeginn kommt es zu schweren Unfällen.

Spinozas Rache
ISBN 3-89425-058-5 DM 14,80
Tatort Amsterdamer Bibliothek: Eine alte Handschrift aus dem Umfeld des Philosophen Baruch Spinzoa verschwindet, und ein Konservator stirbt im Rotlichtmilieu.

Bären und Bullen
Der siebte Wilsberg-Krimi
ISBN 3-89425-065-8 DM 14,80
Wilsberg soll eine Entführung aufklären. Den Hintergrund hat ihm sein alter Kumpel Willi verschwiegen.

Das Kappenstein-Projekt
Der achte Wilsberg-Krimi
ISBN 3-89425-073-9 DM 14,80
In Münster geht ein Serienkiller um. Auch die grüne Stadtkämmerin fürchtet um ihr Leben - und engagiert Wilsberg als Leibwächter. Offensichtlich hängen die Morde mit dem Kappenstein-Projekt zusammen, einem geplanten gigantischen Vergnügungspark.

Das Schapdetten-Virus
Der neunte Wilsberg-Krimi
ISBN 3-89425-205-7 DM 14,80
Wilsberg bewacht 100 Affen, die für medizinische Experimente bestimmt sind. Nicht nur Tierschützer interessieren sich für die putzigen Säugetiere.

Irgendwo da draußen
Der zehnte Wilsberg-Krimi
ISBN 3-89425-208-1 DM 14,80
Wilsberg soll herausfinden, ob Außerirdische die junge Corinna in den Tod getrieben haben.

grafit

GrafiTäter & GrafiTote

Ard u.a.: Der Mörder kennt die Satzung nicht - Der Mörder würgt den Motor ab - Der Mörder bittet zum Diktat - Der Mörder kommt auf sanften Pfoten - Der Mörder kommt auf Krankenschein - Der Mörder bricht den Wanderstab - Der Mörder packt die Rute aus - Der Mörder schwänzt den Unterricht - Der Mörder zieht die Turnschuh an - Der Mörder bläst die Kerzen aus - Der Mörder ist immer der Gärtner • Die Meute von Hörde • *Leo P. Ard/Michael Illner:* Flotter Dreier - Gemischtes Doppel • *Leo P. Ard/ Reinhard Junge:* Der Witwenschüttler - Meine Niere, deine Niere - Die Waffen des Ekels - Das Ekel schlägt zurück - Bonner Roulette • *Dorothee Becker:* Mord verjährt nicht - Der rankende Tod • *Jacques Berndorf:* Eifel-Rallye - Eifel-Feuer - Eifel-Schnee - Eifel-Filz - Eifel-Gold - Eifel-Blues • *Horst Bieber:* Kaiserhof • *Horst Eckert:* Aufgeputscht - Bittere Delikatessen - Annas Erbe • *Christoph Güsken:* Mörder haben keine Flügel - Schaumschlägers Ende - Bis dann, Schnüffler • *Harald Irnberger:* Ein Krokodil namens Wanda - Das Schweigen der Kurschatten - Geil - Stimmbruch - Richtfest • *Andreas Izquierdo:* Jede Menge Seife - Das Doppeldings - Der Saumord • *Annette Jäckel:* Talk • *Reinhard Junge/Leo P. Ard:* Das Ekel von Datteln • *Reinhard Junge:* Totes Kreuz - Klassenfahrt • *Jürgen Kehrer:* Irgendwo da draußen - Das Schapdetten-Virus - Das Kappenstein-Projekt - Bären und Bullen - Spinozas Rache - Schuß und Gegenschuß - Wilsberg und die Wiedertäufer - Kein Fall für Wilsberg - Killer nach Leipzig - Gottesgemüse - In alter Freundschaft - Und die Toten läßt man ruhen • *Agnes Kottmann:* Tote streiken nicht • *Leenders/Bay/Leenders:* Eulenspiegel - Clara! - Feine Milde - Jenseits von Uedem - Belsazars Ende - Königsschießen • *Fabian Lenk:* Mitgefangen, mitgehangen - Schlaf, Kindlein, schlaf - Brandaktuell • *Hartwig Liedtke:* Scharfe Schnitte - Tod auf Rezept - Klinisch tot • *Heike Lischewski/Stefanie Berg:* Bananensplit • *Reiner Nikula:* Tödliches Schach - Ein Stückchen Hirn • *Theo Pointner:* Einer nach dem andern - Scheinheilige Samariter - Tore, Punkte, Doppelmord • *Werner Schmitz:* Nahtlos braun - Dienst nach Vorschuß - Auf Teufel komm raus • *Gabriella Wollenhaupt:* Grappa-Baby - Grappa und die fantastischen Fünf - Killt Grappa! - Grappa und der Wolf - Grappa fängt Feuer - Grappa dreht durch - Grappa macht Theater - Grappas Treibjagd - Grappas Versuchung • *Jan Zweyer:* Glück auf, Glück ab

grafit

Chemnitzer Str. 31, D-44139 Dortmund
Internet: http://www.grafit.de
E-Mail: Grafit-Verlag@t-online.de

Umschlagzeichnung: Peter Bucker
Druck und Bindearbeiten: Elsnerdruck GmbH, Berlin
ISBN 3-89425-216-2
1. 2. 3. 4. 5./2000 99 98